GOBOOKS & SITAK GROUP©

GOBOOKS & SITAK GROUP©

三日月書版

三日月書版

箱庭魔女
夏日騷動
上
午夜藍
A_maru／插画
A Summer for the Witch
輕世代
FW351
三日月書版

A Summer
for the Witch

目録 contents

[ハコニワのウィッチ]

A Summer
for the Witch

Chapter 0

[無名的畫作]

臺北某處的美術館，舉辦著一場小型的展覽。

在有著工業風天花板、漆著四面白牆的空間中，訪客稀稀疏疏，看得出大眾對展覽內容的接受度不怎麼樣。

展示的畫作並非古今中外的知名藝術家，作品旁的名牌盡是一些大眾陌生的名字，有些畫作甚至連作品名都沒有，感受不到展方的用心。

作品的風格也包羅萬象，從寫實的油畫到寫意的水墨畫，連像是小孩塗鴉的蠟筆畫都出現了，卻看不出藝術價值和展覽主題，甚至有某位大藝術家具名在報紙大肆批評。

這是任何有美術素養的人都不會喜歡的畫展吧？讓人不明所以，也無法理解展方的訴求，評論者一致認為這場展覽只有庸俗可以形容，再過不久畫展便會默默結束了吧。

然而，其中一幅畫仍舊引起了些微的波瀾。

畫作本身並沒有特別出奇之處，描繪著清晨的平原，畫面中央的小山丘上，一座樹屋與老樹幾乎融為一體，構成相當唯美的景色。從一些顏料的剝裂與紋路來看，油畫有一定的年份。

但這幅畫沒有標註創作者，甚至原本連作品名都沒有，是收藏者揣摩畫家的本意，隨興取了一個名字。

無名的畫，卻曾在歐洲地區流傳起一則都市傳說。

那一幅畫的作者，據說是魔鬼。

為什麼會被稱作魔鬼的畫作呢？

在網路上，散布著一些繪聲繪影的討論。有人分享他們一群朋友去看此畫，本來只是純粹的風景畫，卻有人看見畫作中多了幾張扭曲的人影。

也有人一注視畫作就相當不舒服，立刻將午餐吐了一地。

最驚悚的傳聞，是有人看過了這幅畫後——沒過多久就因交通意外而離世，或者葬身火窟。

由於都市傳說引起的話題，這場不明所以的展覽最初吸引了許多好奇者來欣賞。

但絕大多數人也只是匆匆瞥過一眼，並沒有感受到像傳聞那麼誇張的感官體驗。果然只是都市傳說吧，網路上如此評價著。

人潮離去，最終展覽也變得乏人問津。

「沒想到會在這裡看到。」

凝視著面前的油畫，嘴角勾起的她低語著。

已沒什麼人氣的展覽，今日有一位遊客悄悄拜訪。

那是一位髮色異於常人、五官精緻的異國少女。銀白色的雙馬尾襯著雪白細緻的肌膚，讓少女整個人帶著奇異的透明感，特別是那雙緋紅神祕的眼瞳，怎麼看都是展場中最出色的藝術品。

不同於那些想見證都市傳說的好奇者，少女的表情始終平靜。

「那時候是這個樣子呀……」

她的語氣中帶著懷念——甚至是幾絲後悔。

眼前的世界並沒有變化，畫中的原野仍然碧綠，周邊也是過度白亮的牆壁。只是在現實中，卻多了幾道扭動的火紅。

少女的肩上燃起火焰。

五臟六腑在燃燒著，就是字面上的意思，耳邊傳來柴火劈啪響的聲音，是骨頭被燒脆了吧，彷彿連血液都在沸騰著。

化為一顆火球的少女朝畫作伸出了手，在她的視野中，伸出的右手如白蠟般熔解。

接著，眼前世界似乎也出現了一點偏差——因為自己的左眼球也熔化了，緋紅如淚般滴落地面。

熊熊燃燒的少女仍勾著嘴角，彷彿在享受著這突如其來的苦難，將其視為理所當然的懲罰。

最終，連她的右眼也已被噴發的火焰吞噬，世界落入全然的黑暗。

但少女的另一手尚未失去，所以她終究觸摸到了畫作。

隨著指尖感受到的那抹冰涼，少女身上的火焰一變，彷彿啟動了什麼滅火裝置。但那並非是一般意義上的熄滅，而是碎成無數緋紅的方塊，消散在空氣中。

唯有被野火燒盡，才有重生。

最終世界重回光明，似乎再次回復正常，少女失去的軀體也在不知不覺間恢復原樣。

彷彿灼燒身體的火焰與熔化的軀體都只是幻覺，畫中的天空依舊湛藍，精巧的樹屋與大樹也保持著該有的色彩。

「再等等吧。」

面對著這幅被命名為《家》的魔鬼畫作，少女充滿希望地呢喃，不知對著誰低語著。

你知道嗎？魔鬼的畫作，是真實存在的。

但那些畫作跟人類作品的差異，並非是來自繪畫的技巧。

而是——

A Summer
for the Witch

Chapter 1

[來自遠方的風]

夏季湛藍的青空下，是彷彿無限延伸的翠綠草原。

連綿的綠地中有著一座平緩的小山丘，頂端被一棵高大的櫟樹占據。樹下靠坐著一位黑髮青年，闔上雙眼熟睡著。

目測大約二十多歲的年輕人，穿著普通的白襯衫及牛仔褲，身材清瘦、面貌清秀，散發著清爽寧靜的氣質。

傳進耳裡的，是枝葉摩擦的聲響。

青年微微蹙眉，茫然地睜開眼睛，眨了眨。過於耀眼的灼熱陽光從枝葉間灑落，他忍不住瞇起雙眼。

仰頭看著搖曳的樹葉，這時青年才注意到自己正坐在樹蔭下。

這是一個舒適的午後，溫度也很適合打盹，可是剛甦醒的青年，卻有更麻煩的事情需要思考。

他——為什麼會在這裡睡著？這裡又是哪裡？

青年試著去回想，不安與迷茫漸漸浮現在臉上。

「我……」他垂下頭，看著修長好看、卻莫名陌生的雙手，「是誰？」

醒來的青年想不起關於自己的任何事情，腦中一片空白，甚至連自己的名字都不知道。

與自身脫節的不安讓他的呼吸急促起來，雙手顫抖不已。

「Lenge siden sist. Jeg savner deg veldig mye.」

屬於女孩子的輕柔聲音，突然傳進青年的耳裡。

他猛然抬頭。剛醒來時只注意到頭頂上的枝葉，此時才發現眼前立著一座不小的木架。

支架上占據大半視野的布框旁，探出了一顆頭。

第一眼注意到的，是那紅寶石般的絢麗雙眼。少女深邃的精緻五官充滿異國風情，綁著雙馬尾的銀白捲髮在陽光下閃閃發亮。釘著白布的木框遮去了她的大半身姿，探出來的那雙眼睛帶著淺淺水光，正專注地盯著青年。

「我……不好意思，妳說什麼？」

青年想回應那樣凝視著自己的少女，但他聽不懂對方使用的語言。

少女眨了眨眼，「為什麼是說中文……算了先不管吧。」

原來銀髮的異國少女會講中文。她的表情染上幾絲困惑，不過很快就勾起嘴角。

「阿樹的部份我畫完了，我還想在樹上加一點葉片。」

阿樹？是在叫我嗎？青年微微皺眉。

「所以能不能幫我拿瓶可樂——嗯，你大概不知道可樂是什麼吧。」

青年依舊滿心迷茫，卻發現自己對可樂這東西有印象，腦中似乎出現了什麼知識，告訴他那是一種飲料。

少女纖長的手指向某個方向，「就放在那個箱子裡，你幫我拿一下，這點事情還是能做到吧？」

因為實在是想不起來任何有關自己的資訊，看著頭上搖曳的樹葉，青年暫時接受了「阿樹」這個暱稱。

面前的少女似乎認識自己，阿樹很想多問些什麼，卻發現少女又縮回布框後，一隻細手拿起一旁木凳上的調色盤與畫筆。

原來是在畫畫。

雖然自己似乎是失憶了，但少女的要求不難。阿樹決定暫且不打擾對方，他按指示找到了旁邊的厚重箱子，就放在不遠處的地上。

青年努力往前方瞧去，在翠綠的山坡下是廣闊的田野，尚未結穗的麥田隨風搖曳著。

臉頰感受到的暖風，似乎來自更加遙遠的彼方。

對失憶的人來說，獨自離開需要相當大的勇氣，他只能拿出箱裡的可樂，乖乖走回少女身邊。

少女正坐在摺疊椅上，拿著畫筆在畫布上用心補充色彩，專注的側臉帶著祈禱般的神聖感。那長長的雙馬尾和蓬鬆的吊帶洋裝，讓她顯得有些小孩子氣，柔軟的雙頰和閃閃發亮的大眼睛也十分純真，但撇除這些，身體卻有著成熟女性的韻味與豐滿。或許是天氣太過炎熱，她那白皙的纖細後頸布滿了汗水。

「謝謝。」少女放下畫筆接過可樂，轉開瓶蓋，仰頭大口吞嚥。

阿樹的臉莫名一紅，將注意力移轉回畫作上。飽滿的色彩濃厚相疊，看起來應該是油畫。

畫中的黑髮男子靠坐在櫟樹下睡得很熟，少女剛剛說這是在畫他，失憶的阿樹一時也記不起自己的面貌，真的是這張還算俊秀的臉龐嗎？如果有面鏡子能照看看就好了。

撇開對自己長相的疑惑，這張油畫毫無疑問地畫得很好，彷彿將現實的變化抓進顏料裡，在畫布上呈現光影的片刻。有如現實的風吹進畫中，其中的枝葉也在隨風搖曳……

「畫得很好，樹葉好像都動了起來。」阿樹笑著開口。

少女將喝一半的可樂放在一旁，側臉的表情變得相當複雜，在阿樹看來是高興的情緒多了一點。

「好久沒聽到你評價我的畫了……」少女看向阿樹，帶著相當溫柔的笑容，「我很想你。」

兩人面對面的這一刻，青年忍不住屏住呼吸。

陌生少女的笑容讓他的心跳加快，所謂美好的邂逅——就是這回事嗎？可是他卻……

「不好意思，我……好像出了點狀況。」阿樹低下頭，抓了抓腦袋，「不知道為什麼，我醒來後就什麼都記不得了。」

雙馬尾少女微微睜開了眼睛。

「失憶了嗎……？」

與阿樹的設想不同，少女似乎並沒有覺得他在惡作劇，表情更沒有一絲訝然或擔憂。

但那個臉色——終歸是黯淡了下來，不過她很快便打起精神，露出調侃的笑容。

「阿樹的記憶力，本來就不太好。」

等等，他的情況遠遠超過「記憶力不太好」的範疇吧？

「那麼，你也忘了我的名字？」

阿樹眨眨眼。既然自己被當成畫作的模特兒，跟這可愛的少女應該很熟吧。

但現在這個他絞盡腦汁思索了，仍然只能放棄投降。

「不好意思，但我至少知道妳不是叫雅婷。」

而且她的外貌並不太像常見的臺灣人，不只是那頭銀白長髮，還有那更加深邃精緻的五官。

剛聽到他失憶時少女沒有什麼反應，現在似乎不太滿意而嘟起了嘴。

雖然阿樹是覺得這個樣子也很可愛啦。

雙馬尾少女起身走到阿樹面前，踮起穿著運動鞋的腳尖，以充滿魄力的表情瞪著青年。

「你說的笑話很難笑耶，不過很有臺味……是因為在這片大地，所以樣貌和語言才變成這樣嗎？」

低語著的少女得不到結論，只能將白皙的手指比向阿樹，以可愛的嗓音宣告。

「名字可不能忘記，以前你都直接叫我的小名希瑟，畢竟阿樹是我的男朋友。」

果然是外國人嗎？難怪會有那頭銀髮。

雖然對於自己是她男朋友這點實在沒感覺，被氣勢壓住的阿樹也只能尷尬地連連點頭。

插腰的希瑟得到滿意的回覆，伸了伸懶腰。

「還好男朋友這部分，順便也讓你答應了。」

「難道我原本不是喔？」

面對無言的阿樹，希瑟只是俏皮一笑。

「這一點都不重要，那麼阿樹──你果然忘記我了嗎？」

「嗯──想不起來。」

斟酌再三後，阿樹只能老實回答，希瑟安靜下來，目光投向面前的翠綠櫟樹。

雙馬尾少女輕盈地繞過青年，雙手放在背後，靠到了櫟樹的樹幹上。她瞇起雙眼，以詩歌般的聲調描述著。

「我來提一個，失憶之前的阿樹一定知道答案的問題。」

希瑟的神色充滿憐愛，輕撫身後櫟樹粗糙的表面，動作溫柔得有如懷抱嬰兒。

「如果你是我身後的這棵櫟樹，你曾看到的天空是如此狹隘、曾認為最美好的聲音來自樹上的知更鳥兒、唯一拓展你見聞的方法來自乘涼的旅人……」

她凝視著阿樹，眼底充滿感傷。

「擁有這麼狹小世界的你，為什麼會想離開呢？如果你能回想起來，那其他一切也不是那麼重要——對我來說。」

阿樹不知道，或者說無法想像過去的自己和面前的少女有著什麼樣的關係。他若有所失，心被深重的遺憾填滿。

不過，看著那雙情感飽滿的眼瞳，他能感受到，就算不是真的情侶，他們之間也有著無法輕易切斷的連結。

因此，即使毫無頭緒，阿樹也無法輕率地回答這個問題。

「天空是如此狹隘……」阿樹喃喃自語，順著從樹枝間隙灑落的幾絲陽光仰頭望去。

間隙中的天空，看起來就像開了細碎小洞的畫紙，也像從井底朝外看的世界，沒辦法知曉全貌。

如果是過去的那個我——阿樹雖然不知道自己的身世、曾經的想法，但看著眼前被枝葉框住的破碎天光，想像著在這之外那片無限延展的藍天。天空也有很多型態。布滿濃厚烏雲的陰暗樣貌、北半球看不到的南半球星空樣貌、璀璨極光舞動的美麗樣貌……

「如果是我，想離開的理由……」阿樹正視希瑟，將內心得到的答案說出口，「我會想尋找上頭這片天空——連結的其他部分。」

當然，如果能跟希瑟一起去看看也不錯吧。

這種害羞的想法，阿樹終究沒有說出口。畢竟對現在的他而言，兩人才認識沒多久呢。

少女沉默片刻，然後，「好無趣。」

「咦……？」

嘴巴說著不饒人的話，少女卻默默擦拭掉眼角打滾的淚水。

「但，這是正確答案。就算你已失憶，尋找群青色的本能——仍刻印在心底。」

話音剛落，少女身後的櫟樹泛出淡淡的光芒，眨眼間，竟然化為無數細小的彩色方塊，就這樣在他眼前四碎飄散。

不知不覺間，腳下的綠地也碎解成翠綠方塊浮到空中，阿樹訝然望著這一切發生。

當這世界大部分的色彩都剝落後，幾乎只剩一片空白。大量的方塊在空中匯集，希瑟也抬頭注視著上方舞動著的各色方塊。

「該讓這片大地與色彩——留在記憶中了。」

無數指頭大小的方塊如瀑布般墜落，飛向少女的胸口，周圍的純白簾幕漸漸淡去。

直到屬於塵世的喧嘩重回這個世界，阿樹才總算收回目瞪口呆的表情。

方才的遼闊大地與天空消失了，不過嚴格來說天空並沒有消失，而是當那片純白淡去後，頭上的天空已是一片昏黃。

夕陽下，腳邊的綠地變成平坦的水泥地，旁邊有一棟日式巴洛克風格的建築物。

一開始聽到的喧嘩來自周遭來往的人群，阿樹看著有些人走向了電扶梯，在電扶梯上是一座廣場，連接著一棟設計現代的大建築物。

「阿樹不知道吧，那是臺中新火車站。」

「這裡是臺中市呀……」

阿樹脫口道出突然在腦中出現的常識，希瑟的表情有些驚訝。

「嗯，我在臺中住一段時間了。在這之前——其實獨自旅行過一段時間。」

少女頓了頓，將雙手放在背後，輕盈地走到青年面前。

「剛剛還有一點沒告訴你。」她抬起頭，笑容神祕又充滿眷戀，「自詡為萬物之主的人類，只能看見可見光的部分。不過，動物眼中的世界與人類不同，有些生物甚至看得到紫外線、紅外線……」

踮著腳撫摸阿樹的臉頰，希瑟以親暱的語氣丟出一個疑問。

「你覺得魔女的雙瞳——能看到什麼色彩呢？」

那雙紅瞳在一瞬間流轉過無數色彩，不僅如此，似乎還有無數幾何在其中旋轉，萬花筒般的絢爛令青年倒吸一口氣。不過幾秒，便又回復偽裝用的人類雙眼。

對阿樹的吃驚反應大感滿意，心情愉快的希瑟繼續說道：「想看到更多的天空吧？那阿樹就繼續協助我吧，我的助手。」

銀髮魔女那自信的笑容太有魅力，讓阿樹的心跳個不停。

「陪我一起去尋找並記錄，連我也能睜大雙眼感慨的、最美麗的色彩。那是這過於漫長的旅途中，我一直在尋求的夢想。等到想起一切後——你再決定自己想要什麼吧。」

沒有拒絕的理由，不如說阿樹現在也只能繼續跟著希瑟了。

在少女的催促下，兩人把舊火車站前的畫架和作畫工具收一收，轉進附近的小巷。

即使對現況一頭霧水，但看著夕陽西下的風景，即使失憶如他，也能明白現在要回去的原因。

「妳肚子餓了？」

相對嬌小的希瑟還繞到背後，用力推著青年前進。

「才沒有，總不能讓鈴蘭等太久嘛。」

鈴蘭？又是一個陌生的名字。

阿樹用手背擦去額邊的汗水，處在漫長的夏季中，在戶外如果沒有風，就會異常悶熱。

不知不覺，提著大包小包的兩人，在少女的引導下找到了停車的地方。

那是一臺普通的白色電動車，他的記憶雖然曖昧不明，似乎還是知道怎麼騎這交通工具。

不過希瑟直接坐上駕駛位置，把包包袋在車踏板和置物籃放好，戴上一頂紅色安全帽後，將另一頂黑色安全帽給了阿樹。

「還是我騎吧。」這句話是阿樹說的。

他相信希瑟是魔女，畢竟她剛剛才展現了那些神奇飛舞的方塊，還有那不可思議的世界轉換。

可是——看著雙馬尾少女過於年輕的外貌，以阿樹目前不是非常可靠的生活常識來判斷，大概也才十六歲左右吧。

「妳成年了嗎？」

當然這話可是讓魔女非常不開心，鼓起臉頰反駁。

「成為魔女後我的外貌就凍結了啦，問魔女的年齡可是會被絞死喔。」

看來沒個百來歲，是不敢自稱是魔女的。阿樹只能歉笑著賠罪。

「阿樹你這狀態我才不敢坐你後面呢，走吧。」希瑟的口氣十分嫌棄，一面轉動手上的鑰匙，「我會騎車，而且這一臺電動車是我的。來臺灣之後常常要到處跑，反正不要被警察抓到就好囉。」

所以這意思是她根本沒考駕照吧。

不過阿樹也沒有想違逆希瑟的念頭，主要是因為就算會騎車，他也不知道接下來要前往何處。

總之只能讓希瑟載了。當電動車離開停車場後，坐在後座的阿樹忍不住抬頭看著昏紅的天空，耳邊迴盪著陣陣蟬鳴。

仍然沒有實感——自從醒來後的這一切變化。雖說只要跟著熟人總會想起來些什麼吧，但內心還是隱隱不安。

電動車在寬敞的四線道前進，抓住後座凸起處的阿樹看著一旁流動的景色。似乎猜到他的迷茫，騎車的魔女突然開口。

「等等回我的畫室之後，要再好好和你介紹邀我來臺灣居住的人呢。」

阿樹總算是大概明白了現況，約莫誕生於工業革命前夕的魔女，在世界各地旅行後，最終留在了臺灣。

而他曾經是魔女——這位可愛畫家的助手，可惜此刻的他失憶了，什麼都想不起來。

「話說回來，妳說我是你的助手……」

前頭沉默了一下。

「是呢，你是我最重要的助手。雖然沒跟我旅行過，但你是很棒的聽眾，也很能理解我在想什麼。你有一段時間不在我身邊，留在了故鄉。我到臺灣定居一陣子後才聯絡你過來。」

「故鄉」嗎？但現在的阿樹一點印象都沒有。

「我是什麼時候認識妳的？」

「嗯——真的是很久以前，別想套出我年齡。」

失敗了，但阿樹勾起嘴角。

「看來我當魔女的助手很久了，這代表魔女給的薪水不錯吧，親愛的老闆娘？」

「主雇關係太客氣了，我比較想要帥帥的阿樹當我的男朋友。」

機車有後照鏡能看，阿樹不確定自己這樣算不算長得不錯，不過呀……

「很高興能得到魔女的追求，但是我的心價值一億，畢竟是一心一億。」

「哎，這笑話還是好冷喔，那你就在我這裡工作到死吧～」

本來以為失去記憶會讓人非常痛苦，更何況阿樹連自我的身分都遺失了。

但他很幸運，或許是有個可愛的老闆一直跟他鬥嘴，至少內心的緊張已經緩解不少。

天色就在有一搭沒一搭的閒聊間暗下，市區似乎有不少上班族剛好下班，大馬路塞滿了車，看著漫長的紅燈，青年都忍不住打瞌睡了。

花費了一段時間，他們才回到了希瑟口中的畫室。

那是一棟藏在小巷內的四層建築，雖然外殼是水泥，但內部看來是老舊的木造裝潢。

落地窗邊擺放一排排的木架，門上懸掛的鳥型檜木招牌清楚寫著這間店的名字——天鵝座書屋。

「書屋……」記得希瑟明明說是畫室，阿樹有些困惑。

古色古香的木門前懸掛著兩盞煤油燈，遠遠就能看到橙黃的燈光，在昏暗的小巷中顯得特別溫暖。

希瑟拿出手錶對一下，加上塞車的時間，回到這裡已經七點了。

「都是阿樹太帥，害我畫太久了。」

「帥原來也是罪過嗎？」阿樹有點困擾，他往無人的店內看去。

跟外殼的水泥不同，裡面的牆壁以及地板看來都是用木頭裝潢而成，插滿書籍的木架整齊排列，占據了大部分空間，比外面看起來更加擁擠。加上有點昏黃的燈光，是間比想像中更加老舊的獨立書店。

「畢竟是用老建築大翻修改造的呢，裡面就保留了以前的狀態。」

有人回應他內心的疑惑，是略帶沙啞的輕柔女聲。

阿樹回過頭，只見一位穿著薄紗黑睡衣，有著一頭過肩烏黑秀髮的美女正在將一本書插入架內。

跟希瑟的外國人面貌不同，對方看起來是很明顯的臺灣人面貌。

她看起來十分年輕，但稍微比希瑟成熟，或許是因為那件睡衣，第一印象給阿樹相當慵懶的感覺，還毫無形象地打了個哈欠。

黑髮美女轉頭看向他，臉上浮現半疑惑半驚喜的表情。

「嗯？你就是……」

她的聲音相當溫柔好聽，加上那彷彿遺世獨立的美貌，讓阿樹有些發愣。

阿樹還不知該如何反應，希瑟已經搶先一步開口。

「他就是阿樹喔，妹妹。不過他什麼都不記得了。」

妹妹？阿樹來回看著鈴蘭和希瑟，雖然兩人的身高很接近，不過一位是東方人一位是西方人，或許只是暱稱吧。

「啊，是這樣嗎？不過為什麼長得這麼臺灣人……」鈴蘭睜大眼睛，表情相當困惑。

「算了，懶得思考了，阿樹哥——不好意思，讓我自我介紹一下。」黑髮少女露出笑容，「我是這間天鵝座書屋的老闆娘，你可以叫我鈴蘭就好。雖然這間書屋算是我的個人興趣，只開放給有緣的人交流。」

她面向書架，微瞇起雙眼，指尖輕觸著一本本整齊排列的書脊。

「是我找希瑟姐姐來臺灣的喔。我也是魔女，如果將賜予我們身分的神稱作父親，希瑟算得上是我的姐姐了，她比我還要早接受餽贈。」

妳也是魔女？對於瞪大眼睛的阿樹，鈴蘭笑著安撫。

「以後有機會再談吧。我提供工作室和住處給姐姐，她常常跟我提到你，也說想帶你來臺灣看看。」鈴蘭若有所思，「百聞不如一見——很有趣呢。」

似乎有些緊張的希瑟趕快拉回話題：「鈴蘭！我們回來的時間剛剛好吧。」

鈴蘭點了點頭，仍維持著優雅的笑容。

「再慢一點的話我就要自己享用了呢。好啦，阿樹哥先不要談那些無聊的話題了。」

鈴蘭微笑著交握雙手，雙馬尾少女轉向了阿樹，露出開心的笑容。

「先來吃晚餐吧——這可是阿樹的歡迎會呢。」

果然是真的肚子很餓呀，阿樹心想。

經過半個小時的準備，頂樓的天臺已經有了遮陽傘座椅、擺好網架和新鮮的食材，在阿樹看來，這應該是一場烤肉派對。

「對了，阿樹哥有記起什麼嗎？」

很像是順便問的。

阿樹拿起夾子翻肉片，想了想才回應：「倒是記得烤肉的技巧。」怎麼生火、怎麼翻烤之類的，雖然不是很困難，但也有些小眉角，這些阿樹都掌握住了。

「嗯，至少生活常識和技能沒有半點問題耶，不過怎麼那麼像臺灣人……」

「我像臺灣人會有問題嗎？」

烤肉前阿樹還去廁所照了照鏡子，自己明明是正港臺灣人樣貌。

鈴蘭環胸，皺眉想了一下，「算了，我懶得去思考這種狀況，還是吃烤肉比較重要。」依舊穿著薄紗睡衣的女子露出甜美的笑容。

妳也放棄得太快了。不過經過兩人的說明，阿樹算是更了解了一點身處的環境。

這裡確實是書屋，只是有部分空間提供給希瑟當畫室與住處，電動車也是房東鈴蘭給她的代步工具。

「本來我想訂間好餐廳請妳們，畢竟我可是東道主。」

「烤肉也不錯呀，還是很感謝妳的準備呢。」

鈴蘭接過阿樹夾來的肉片，配上一口綠色罐裝的臺灣啤酒後，開心地說：「如果姐姐要回報我的話——獨自看店好無聊喔，我也想關店去幫妳畫畫。」

被鈴蘭戳著臉頰，希瑟只能僵著臉回應：「鈴蘭除了看店外，根本不能在這個社會生存，妳這魔女什麼都不會。我還記得妳本來要擠顏料，卻將顏料噴到畫布上的慘狀，妳連這種事都做不好耶……」

「哎，哪有這種事——」

但彷彿在印證希瑟的說法，激動起來的鈴蘭一個手滑，啤酒就飛了出去。不偏不倚，撒出的液體就淋在幫忙烤肉的阿樹頭上。

兩女沉默了，希瑟一副幸災樂禍的表情。

「看吧？」

雖然嚴格來說阿樹才認識希瑟不到一天，但他覺得希瑟的工作技能恐怕也只有畫畫了吧。

看著她們開心聊天——應該是很開心？這讓阿樹也打從心底愉快起來，撫慰了記憶缺失的茫然。

如果沒被啤酒淋溼就好了。他無奈抬頭看向月亮，真是晴朗而舒服的夏夜……

再次看向面前的城市夜景——腦海裡卻閃過了奇怪的景色。

是希瑟。

她放下了雙馬尾，披散著一頭銀髮的魔女站在落地窗前，在月光的沐浴下作畫。纖細的身影被點燃的油燈渲染，彷彿隨時會消去。

似乎注意到了阿樹的視線，那猶如紅寶石的雙眸轉向了阿樹。

我不喜歡人類。但——我喜歡他們的色彩。

那是一開始希瑟對他說的語言——但這次不知為何他卻聽懂了，可惜仍然無法說出口或寫成文字。

感覺……少女似乎總帶著寂寞的表情說著這句話，明明有著比玻璃藝術品要漂亮的臉蛋。

「三個人雖然有點少，我們來玩點小團康！」

有人打斷了阿樹的思緒。鈴蘭不知從哪拿出一個籤筒，看來相當興致勃勃。加上那通紅的臉頰，阿樹馬上就推斷出一個事實。

「她是不是喝醉了？」

希瑟掩著臉，「鈴蘭不太能喝酒呢，不過她又很愛喝……」

第一印象明明是氣質大姐姐書店店員，阿樹的認知突然有些錯亂。

搖晃著籤筒的鈴蘭興奮地說：「來玩國王遊戲吧！籤筒裡只有三支籤，只有一支沒有標示，另外兩支就是國王和臣子！國王命令臣子做事理所當然喔。」

戲。

雖然覺得很麻煩，但又不好意思打斷鈴蘭的興致，阿樹還是參與了國王遊

第一次抽籤，國王是阿樹、臣子是鈴蘭。由於阿樹對鈴蘭並不熟，只好給出不上不下的命令。

「不要再喝酒了。」

「不要！」

被黑髮美人大姐姐果斷拒絕了。

第二次抽籤，國王是希瑟、臣子是鈴蘭。

「我命令國王，不要再收我租金。」

「免談！而且我明明給姐姐優待了說！」

「省那五十元算優待嗎……？」

這也太摳了一點，阿樹心想。

第三籤，國王是鈴蘭、臣子是希瑟。

「哼，我終於當到皇帝了。」

說出的名詞有點微妙的不同，不知道為什麼態度很囂張的鈴蘭，以氣勢萬鈞的姿勢指向了阿樹。

「阿樹！你跟希瑟姐姐親吻吧。」

先不說她是不是搞錯臣子，還是單純只想亂搞而已。畢竟他才失憶不到一天呀，連害羞的反應都沒有。

阿樹看著上面什麼都沒寫的木籤，以平靜的表情說：「大姐，妳知道我是黑道大哥嗎？惹不起的。」

鈴蘭食指點著雙唇，歪頭露出困擾的表情。

「嗯——為什麼是黑道大哥？你不是希瑟的助手嗎？」

「因為我失憶了，遇到人就要問一句『你知道我是誰嗎？』。」

全場陷入沉默。

「好吧！放過你們。」鈴蘭搓著滿手的雞皮疙瘩。

「這樣就接受了？還有阿樹，不要再講冷笑話了啦！」

臉頰有些發紅的希瑟失望地喊道，阿樹自己還是認為他的笑話很棒。

最後又鬧了一陣子，鈴蘭才終於撐不住，倒在了並在一起的木椅上呼呼大睡。

「這位傻女孩——沒問題嗎？」

本來穿著的睡衣也因這陣玩鬧而有些凌亂，阿樹面露不忍。

「也只有喝酒才會發酒瘋喔，不過她平常也沒多正常就是了。」

希瑟給予自己的房東一個糟糕的評價，嘆口氣後將整杯氣泡飲料一飲而盡。

「魔女都這個樣子呀……」

「阿樹，你是不是把我也算入了？」

嘆了口氣，希瑟拿著本來放置在一旁椅子上的寫生本，逕自往前走。這裡可是天臺，樓梯口又在後方，阿樹一時間不知道她想去哪。

結果雙馬尾少女坐到了屋頂邊緣的護欄上，護欄不高，個子相對嬌小的她也能輕鬆爬上去。

「阿樹，過來一下。」

這動作有點危險，雖然如此想著，但或許是也喝了一點酒的關係，阿樹還是在她之後爬了上去，一同坐在水泥護欄上。在住宅區中，他們這棟房子還算高，能看見遠方大樓的燈火。

忙碌了一整天，這座都市的居民回到家中後，也懶得再去思考更多事情了吧。不知為何，阿樹突然感慨起來。或許他們會渴望著某種「失憶」，他心想。

希瑟的眼神投向充滿生命力的城市夜景，沒有直視阿樹。

在自身的記憶都不穩固、無法建立自己存在價值的前提下，要怎麼跟本該熟識的希瑟交流呢？阿樹一直在摸索適當的距離。

幽默是他想到的一個緩解氣氛的方法，不過在這個場合……

「很謝謝妳沒有丟下我。」

從各種方面來說，阿樹覺得他都必須感謝希瑟一次。

「我不會丟下你的喔，阿樹。」希瑟這才看向了青年，眨了眨眼，「對了，傍晚——我展現過那個魔法對吧？」

「妳是說那片綠地與樹？」

路。

現在仔細回想，當時的景色帶點半透明，隱約可看見草地下原本的石磚紋

「我的魔法原本沒有名字，後來我就叫它箱庭。」迎著涼爽的晚風，希瑟撥開鬢角的髮絲，「箱庭是日式園藝中的造景，在小小的沙盤中放入樹木與石頭，試著將宇宙體現在小小的世界裡。」

對著阿樹，她的嘴角微微勾起。

「我喜歡這個名詞想表達的意涵。就用這個機會來表明我的心意吧，下午你還不太明白，我再表現一次給你看。」

希瑟纖細白皙的雙手移到胸口，十指交疊，彷彿虔誠地祈禱著什麼。

同時——她的雙眼映出各種轉動的幾何圖形，就是阿樹在傍晚見過的，那猶如萬花筒的炫目色彩。

少女的胸口發出淡淡的銀光，緊接著猛然一亮，湧出大量的各色方塊，飛向遠方的夜空。

阿樹趕緊抬頭，無數淡黃色的方塊在空中緩緩飄舞，猶如成群的螢火蟲。

小方塊彼此間互相吸引，拼接成型，堆疊出一個又一個輕薄的白罩，內部皆有火焰狀的方塊聚成物。本來帶著方塊菱角的外形，等構築一結束，便在眨眼間撫平了粗糙的表面，化虛幻為現實。

最終，數以百計發散著暖黃色光芒的天燈，緩緩飛向天際。壯觀之餘——那燈火似乎也帶著無盡的希望。

「是天燈喔，也叫做孔明燈。人們將願望寫在天燈上投放——象徵心願也能傳達到天空。」希瑟柔聲說明。

仍持續燃燒的光芒，反應著少女的祈願。

「這是我幾年前去平溪的『記憶』。你知道嗎？那晚我寫了超～多盞天燈。」

雙手做著誇張的手勢，配上少女純真的樣貌，看來有點小孩子氣。

阿樹目瞪口呆地看著面前的景色，說不出話來。

等天燈全數飛入夜空，天燈群再次化為無數方塊，像降雪般緩緩飄回希瑟的胸口。

「世界就像冰山，不管是難以理解的潛意識還是被遺忘的記憶，我的雙瞳能夠捕捉冰山下的訊息，再用魔女之心將過去的片段覆蓋在現實的表面。」她看著上頭的星空，勾起嘴角，「這就是箱庭。不只在現實，我也在其中尋找色彩。」

魔女面向阿樹，以最誠摯的眼神注視著他。

「而阿樹——是我最重要的助手。」

他們過往的連結恐怕遠比阿樹原先想的更穩固、而且更珍貴。

這久別的重逢，她已經等了太久太久。

少女的神情變得更加柔和，一隻手輕放在阿樹的手背上。

「你以為——女朋友是謊言嗎？」

說不出話的阿樹滿臉通紅，心跳直接漏了一拍。

他暗自壓住胸口，這種陌生又熟悉的感覺，究竟是……？

A Summer
for the Witch

Chapter 2

[白色之家]

對青年來說還有些迷茫，總歸算是開心的一晚過去了。失憶的阿樹住進了天鵝座書屋，重新擔任希瑟的助手。

在烤肉派對那晚，阿樹想起了與希瑟有關的小小片段，也更加確信自己和魔女確實有某段連結。

但既然是畫家的助手，還是要做好本分，青年將熱情與動力寄託在這份工作上，以撫慰失憶的茫然。

之後的好幾天，如果不是在家裡幫鈴蘭看店，他就會載希瑟去一個地方，陪她畫同樣的風景。

在護欄邊迎著海風，阿樹看著面前延展的廣闊泥灘。

上頭覆蓋著一層名為雲林莞草的水草植被，順著微風形成一波波草浪。白鷺與螃蟹在橘紅的夕照下嬉戲，餘暉映照在蔓延水波的海面上。

這裡是高美溼地，臺中市附近的著名觀光景點。

成為希瑟的助手後，阿樹的第一個任務是陪她到海邊畫畫，魔女興致勃勃地指定了高美溼地，據鈴蘭的說法，她本來就很常去這個地方。

他們沒有走上木棧道，而是在附近的景觀臺找個點，就在那裡開始描繪風景。

但正因為這塊溼地實在太有名，阿樹的目光離開遠方旋轉的風車，入目就是一群又一群的遊客。特別是像這樣的傍晚時分，在炎熱的夏季中可說是比較舒服的時間，所以到處都是人。

「人真多呀⋯⋯」

阿樹用手背擦掉額頭的汗水，自己也拿出保溫箱裡的可樂喝了幾口。

助手能做的事情有限，魔女老闆不希望他插手任何實際的作畫過程，所以阿樹只是幫忙背這些繪畫工具和幫忙擺放，其他則由希瑟自由發揮。

不同於乾等的他，坐在板凳上的少女全心全意地專注於繪畫。

身為無所事事的助手，這幾天阿樹很享受陪伴著希瑟的這一小段時光，因為揮灑色彩的雙馬尾少女是如此美麗。

甚至在她的舉手投足間還帶著不可理解的神祕，明明是那麼嬌小的身軀，握著畫筆的瞬間卻魅力倍增，特別是那閃爍光芒的雙瞳。

一筆一畫，一點一滴地構築瞳孔裡映照的鮮明世界。

阿樹眨了眨眼，心中忍不住笑出來。

比起擁有神奇魔力的魔女，還是身為畫家的希瑟更加吸引他。

不過，也不只他一位被魔女吸引。

畢竟是不多見的美麗外國少女，有些遊客的目光掠過溼地風光，停駐在這位美麗的銀髮妖精身上，遠遠地觀察她作畫。

希瑟似乎對這狀況習以為常，不過阿樹摸著下巴，打起了算盤。

這幾天他知道了魔女的財務狀況，不管是鈴蘭還是希瑟都不擅長理財，不是她們沒有能力，而是沒把握各種機會。

過了一段時間。直到作品差不多告一段落，汗水淋漓的希瑟才從繪畫的專注中回神，滿意地看著面前描繪的高美溼地日落風情。

「加上前幾天的清晨和中午，這樣就有一整天的變化，下次送給東海藝術村的朋友吧。得把握時間才行……」

希瑟的語氣難掩落寞，接著轉頭尋找她親愛的助手，卻發現不太對勁。

「……你在幹嘛？」

只見阿樹拿著一張空白紙，上面寫著「欣賞北歐美女畫畫，一次十元」。

對著瞪視自己的魔女，青年歪了歪頭。

「我在『賣畫』呀。」賣美女與風景。

「我也太便宜了吧！」

嘴角抽搐的希瑟拿起畫筆，往阿樹的臉頰用力戳下去。

希瑟壓著阿樹道歉，把錢還給遊客。一來一回花費了大把時間，騎回臺中市時天色早已暗下。

一想到此，魔女只能暗自嘆氣。他們找了一間牛肉麵匆匆解決晚餐，便踏上回書屋的歸途。

「阿樹以前就很奇怪，不曉得會幹出什麼事情……」

在附近的小巷停好車，希瑟氣呼呼地走在前頭。怎麼才幾天就開始皮起來了？魔女感到相當困擾。

「這算是稱讚吧。」阿樹姑且笑著接受了。

希瑟本來打算反駁，但突然想到某件事，轉身面向他，還掩嘴笑出聲。

「嗯，這是稱讚喔。」

那俏皮的動作讓阿樹的心有些癢，但接著希瑟說出的話可就一點都不俏皮了。

「你這麼缺錢的話，我明天給你一千元，條件是你要在高美溼地大喊『我愛希瑟』。」

一想到那過於擁擠的場所，沒有記憶、但羞恥心還在的阿樹臉色發白。

「那還不如把我倒立插在泥裡。」

「這會破壞溼地生態，我不要～」

真任性啊。面對輕巧哼了一聲的雙馬尾少女，還想鬥嘴的阿樹瞥向書屋門口，皺起眉頭，注意力全被吸引過去。

「有客人啊。」

一位穿著黑西裝的男子站在櫃臺前，跟他閒聊的鈴蘭看起來很開心。鈴蘭倒是穿了件普通的T恤和牛仔褲，說真的還真是隨便至極。

「本來就會有客人，這裡至少是營業場所。」希瑟理所當然地回應，但口氣有點心虛。

阿樹想起前幾天因為希瑟在畫室畫畫，自己被鈴蘭抓來一樓看店的情景。一整天下來，客人的數量十根手指都能數完。

彷彿在印證阿樹的想法，鈴蘭看見了回來的兩人，開心地對他們揮手。

「正好，有一筆大生意正在談喔！是足以賺到一個月營業額的生意。」

「……」

沉默的客人轉身看向進門的兩人，阿樹吞了吞口水。

戴著墨鏡的西裝男看起來面惡凶煞，似乎不是一個好惹的角色。

互相簡單介紹後，阿樹得知面容凶惡的客人叫做張先生，雖然穿著西裝，但看得出骨架非常壯，整件白襯衫都被撐起來了，明顯有在健身。

張先生沒有告知本名，似乎不想和他們有太多交集，即便阿樹有些好奇，不過感覺對方不會說太多。

他們轉移到書店後方的辦公室，從頭討論阿樹和希瑟錯過的部分。

「是這樣的，張先生聽聞希瑟的『豐功偉業』，找到天鵝座書屋這裡來了。」

「希瑟的豐功偉業？」

對於一頭霧水的阿樹，鈴蘭露出了開心的表情。但那頗有深意的笑容，好像很不單純。

「嗯，是這幾年才開始在網路上廣泛流傳的——《魔女的畫廊》粉絲專頁。有些鄉民現身說法，他們的生活因為某些原因過得不順遂，痛苦找不到出口。」

鈴蘭將自己的智慧型手機交給阿樹，「但有一天，他們到這個粉絲專頁發言，魔女聯絡了他們。」

阿樹這時才看到粉絲專頁的廬山真面目。

封面是希瑟可愛的微笑，關於的條目寫著「住在臺灣已經很多年的外國人，喜歡畫畫、畫出人的心靈」、「如果有什麼煩惱，歡迎告訴我～」。

人氣似乎不低，阿樹有些傻眼了，自己的老闆是大人物——吧？

「魔女造訪了他們，以魔法理解他們的內心匱乏之處，最終贈與他們油畫。那油畫的內容跟他們內心傷痛直接相關。」鈴蘭繼續道，「畫作內容直擊心靈，彷彿被誰所理解，本來躁鬱不安的心就平復下來，人生再次充滿動力。」

阿樹瞇眼看向一旁的銀髮少女，希瑟則吹著口哨別開頭。

鈴蘭笑著說：「附帶一提，希瑟有時會戴著尖帽子與斗篷上門，加上她那銀色妖精般的樣貌，所以才被稱做『魔女』的油畫。」

妳是 cosplay 上癮喔？雖然在真實意義上，希瑟確實是魔女。

阿樹的眼更瞇了，希瑟的臉因此更紅了。

「銀、銀髮的話，路上隨便抓都一把。」

「妳是說銀髮族嗎？給我向臺灣的高齡化社會道歉喔。」阿樹故作嚴肅地說。

「對不起……」

希瑟老實道歉了，望著鬥嘴的他們，張先生則是露出苦笑。

「不好意思，我很早就聽說了希瑟小姐的傳聞，原本並不相信。但——確實是抱持著死馬當活馬醫的心態。我需要一個方向。」

儘管有著充滿壓迫力的體格與五官，張先生此刻的表情卻相當苦悶，感覺整個身體與氣勢都跟著縮小了。

就算練到心智都成為硬漢，也會有無法克服的心理難題吧？阿樹心想。

將外放的情緒整理好，張先生謹慎的目光終於落在面前的銀髮魔女身上。

「所以——妳真的能畫出反應內心的畫作？」

這是太過理所當然的問題，任誰接觸到神祕的核心，一定會對那想都沒想過的可能性感到吃驚與困惑，進而提出質疑。

阿樹也有點好奇希瑟會怎麼解釋，眾人的目光集中在她身上，讓本來應該很自信的銀髮魔女反而有些坐立難安。

「我只能看到既存的事實，將渴望的事物以你們能理解的繪畫留下來。會流傳成這樣——並非我的意願，我並不喜歡將事情做得太高調。」

最後這句，不知為何魔女說得特別小聲：「不過正因為你們將內心的型態赤裸展示在我面前，我想，總得給個回報。」

對於希瑟的解釋，聽到某個關鍵的張先生低下頭，面容相當糾結。

「既定的事實嗎……」

在尷尬的沉默中，這次是鈴蘭咳了幾聲。

「看來，希瑟會接受你的委託呢。但是呢，有三點我希望你同意，第一點是買下書屋的書後，可以把它們捐贈給偏鄉的孩童。」

「沒問題，不過這些書……」

張先生人真好，沒說出內心想法。阿樹想起之前閒來無事翻書架的書，那些奇怪的哲學書籍和艱澀的文學作品，大概不會引起小孩子的興趣。

難怪這間獨立書屋的生意有點慘兮兮，或許送一套當紅漫畫還比較受歡迎。

「阿樹，你的想法我都聽到了呢。」

鈴蘭露出頗有壓迫力的笑容，青年只能別開頭。

「算了，晚點再跟阿樹好好聊喔。」

威脅完阿樹後，鈴蘭將目光拉回張先生上。

「張先生，第二點的部分，我希望你不對外提起我們住在這裡。這是對希瑟還有我的保護，雖然不知道你是怎麼找到這裡……」

網路無孔不入啊，阿樹心想。

鈴蘭的語氣雲淡風輕，但這一句卻帶著相當的威攝力，阿樹發現連張先生都正襟危坐起來。

提醒後，鈴蘭只是以大姐姐的方式勾起嘴角，「反正張先生為人不錯，這點我聽得出來。」

接收到書店老闆娘的信任，張先生本來凶惡的表情看上去也有些緩和。

「這點自然同意，畢竟我只是想完成自己的心願。」

鈴蘭點了點頭，說出最後一點。

「但第三點，也是最重要的一點——」

鈴蘭本來想說下去，但被希瑟伸手阻止。

銀髮魔女正臉面向西裝男子。

「你——願意接受真相嗎？」

你，願意接受真相嗎？

在七月的湛藍天空下，迎著強風，阿樹忍不住瞇起眼睛，喃喃低語。

「對我來說，潛藏在記憶裡的真相又是什麼……」

眺望這座城市在面前展現的遼闊景色，青年不禁有些茫然。

在臺中市的某處高樓樓頂，他們為了完成張先生的委託，來到了這有些意外的場所。

「真相是阿樹非常非常愛我。」

站在青年身旁開口的，是同樣穿著那套高腰洋裝的雙馬尾少女，魔女希瑟。

非常還用了兩次，阿樹眨了眨眼，趁著一陣強風吹來的時候輕聲開口。

「這點是現在進行式，不是過去式。」

「哎？阿樹剛剛說了什麼？」

「什麼都沒說～」

阿樹故意正色開口，不給希瑟追問的空間。

「話說回來，我們來這裡幹嘛？」

特意跑到高樓頂端總有個目的，不過希瑟還是站到阿樹身邊，陪他一起看遠景。

伸了伸懶腰，魔女將雙手放到背後微微前傾，側身看向自己最愛的助手。

「阿樹，你覺得我為什麼要幫助人類呢？」

「先前妳有提過，妳的夢想是想看到最美麗的色彩吧。」

能看到無數回憶片段的魔女，總有可能找到能真正觸動心靈的畫面。

「是這樣沒錯——」在夏季高遠的藍天下，希瑟忍不住瞇起眼睛，「從這個高度往下看去，有數不盡的人類和數不盡的記憶。人是情感很複雜的生物，所以我喜歡窺視他們，有時也會出現令人大吃一驚的過去。」

心情愉快的希瑟湊到阿樹耳邊，偷偷說道：「不過，不管看再多人類的回憶，都沒有比阿樹你的漂亮喔。所謂情人眼裡出西施呀。」

只想起一點碎片回憶的阿樹沒有太多實感，但開點玩笑還是可以的。

另外，阿樹之前就有一件很想提的事情，只是一直找不到機會開口。

「話說妳明明就能呈現，那怎麼不直接給我看呢——我的記憶。」

魔女眨了眨眼，以笑容裝傻。

「親手摘下的果實最好吃呀～你要好好去回想，當做是復健～」

不理會阿樹的瞪視，哼著流行曲的希瑟往旁邊的包包走去。

「好了，要工作了。」

張先生的委託是，他想知道枕邊人——也就是自己的妻子在想什麼。

不過更多的細節就沒有透漏了，他說期待希瑟會自己挖掘出答案，這也是對她的考驗。

有點壞心，但也能驗證魔女是不是真材實料。但在阿樹聽來，他該不會有什麼不可告人的祕密吧？

今天希瑟不是要來畫都市遠景，所以她的背包裡並沒有裝繪畫工具。背包裡只有一本相簿，還有梳子枕頭之類的個人物品。

「跟張先生拿相簿，還有這些私人用品幹嘛呢？」

助手好奇發問，身為雇主的魔女勾起嘴角。

「我說過的吧，魔女的瞳孔就像太空望遠鏡——所以需要鎖定座標才看得清楚。」

希瑟翻開相簿，上面有著許多張先生和妻子合照的照片。

魔女說著，無數幾何圖形在眼中迴轉。

「記錄的資訊越多越好，這樣更能建立出對應的箱庭。」

雖然明白了，阿樹卻有些擔憂。

「想知道妻子在想什麼，該不會是出軌了……」

家醜不得外揚，所以張先生才說得那麼含糊。

阿樹自認猜測還算合理，雙眼注視著梳子的希瑟則搖了搖頭。

「與其去猜測不如去驗證喔，所以才要來這裡。」

順著魔女的話，阿樹再看了周遭一眼。

附近真的都是高樓大廈，這裡位在臺中市中心，叫做七期重劃區什麼的，每戶公寓都非常昂貴。阿樹覺得當這窮光蛋魔女的助手三百年，也無法存到買一棟七期大樓的頭期款。

「阿樹，你是不是在想什麼失禮的想法？」

「哪有呢……」阿樹裝死傻笑。

雖然搞不懂爬到這麼高的用意，但一般人也沒辦法任意到豪宅頂樓，會被大樓警衛攔下的，這中間是得到了張先生的幫助。

「至於來到這裡的真正原因嗎？在聚焦匯聚光線之前，我的雙瞳能先看到模糊的形象……」

魔女蹦跳著到阿樹面前，露出跟身分很相稱的神祕笑容。

張開雙臂，她開心地宣告：「這裡是潛水的絕佳地點！」

「啥？」在沒有水的地方潛水？

本來阿樹想問希瑟的腦袋是不是有問題——但想想也不對，她本來就不是正常人。

希瑟眨了眨眼，那些正三角形、圓形之類的幾何圖形仍持續在緋紅的瞳孔裡旋轉。阿樹倒是聯想到達文西的人體黃金比例分割圖，那些幾何圖形似乎隱藏著某種不可述說的真理。

看著在一旁納涼的阿樹，還在檢視物品的魔女突然將口袋裡的智慧型手機交給他。

「助手的功用出現喔，你開一下遊戲，到附近的幾個站點幫我抓寶可萌，體驗一下AR的感覺。」

「……」

這就是魔女的助手，不用幫忙施展魔法什麼的，大部分時間都在打雜。

但阿樹還是乖乖地離開頂樓，只因為天臺實在太熱了，他不想陪魔女在那白流汗，又擔心她會因此中暑。

大概去附近幾個重點站抓了一輪後，有些疲倦的阿樹好不容易回到頂樓。

看著手機的寶可萌，和前幾次見到的箱庭相比，青年覺得這兩種AR遊戲完全是不同規模。

見到阿樹回來，瞳孔回覆正常的魔女接過他買來的運動飲料，轉開瓶蓋喝了幾口。

「你回來得剛剛好，我們休息一下後就開始吧。」

大概過了十幾分鐘，希瑟繼續開工。在魔女捧起的手心間，胸口再次發出強烈的白光，接著，無數的方塊從胸口噴出。

此刻的魔女彷彿上帝，在秤量與創造新的世界。

這些步驟阿樹看過一兩次了，所以還算熟悉，不過這次有新的發現——他注意到方塊的顏色。

「都是藍色……」

而且那些方塊並非直直往前，而是大部分都往下方飛去。

往下飛去的藍色方塊似乎填滿了頂樓以下的空間，周遭一切都化為空白，有些迷失空間感的阿樹不敢隨便踏出去。

直到箱庭構成完畢，阿樹才注意到面前的世界已發生翻地覆地的變化。

初步看來，那仍然只是一片遼闊的風景。如果阿樹的記憶沒有錯誤，這裡可是三十七層樓的高空。但迴盪在耳邊的海潮聲，一陣又一陣可騙不了人。

就算已做好心理準備，走到天臺邊緣後，他也不由得瞠目結舌。

海浪拍打上他的佇足處，放眼望去是一片映照出天空的湛藍，唯有少數的高樓還沒遭受滅頂之災。

對於這彷彿重現諾亞方舟洪災的末日景色，希瑟倒是心情很好地來到阿樹身邊，一同眺望藍得不可思議的海洋。

「是海呢——張先生的妻子有著大海的箱庭，她那深沉的意識淹沒了整座城市。」

真是抽象的描述，阿樹實在沒辦法理解希瑟的形容法。

「這太可怕了，之前看過的平原和天燈相較之下實在太渺小——等等妳在幹嘛？」

阿樹只見一旁的希瑟迅速脫下洋裝，下面是一件三點式紫色泳裝，白皙的皮膚與姣好的身材一覽無遺。不愧是來自北歐的銀髮妖精，在外觀方面可說是無懈可擊。

「可不能抽筋喔，在這裡溺水我是不會救你的。」拉著青年做一些暖身操，希瑟納悶地問，「不過難得來到海邊了呀——阿樹我沒叫你帶泳裝嗎？」

「當然沒有。」

因為魔女常常瘋言瘋語，阿樹大部分的時候都不會認真聽她說話。

而眼前的景色——撇除這裡是七期某棟高樓的三十七樓樓頂，確實可以算是經典的夏天與海邊。

而且，箱庭裡只有他們兩人，是超級無敵享受的私人海洋。

做完暖身操後，他們費了一點力氣爬到護欄頂端，就像跳水選手凝視著面前平和的海面。

「沒帶衣服就算了，直接下去吧。」

當阿樹還沒意識到希瑟的意圖時，就被繞到後面的她一把用力推進海中。

濺起了大水花，被猛然推進水裡的阿樹一時慌張，胡亂擺動雙手、口鼻嗆進更多的——

「哎……？」

雖然身體確實感受到海水的浮力，周圍也有持續上浮的氣泡，可實際上卻沒有喝進半點水，肺部也沒有因無法呼吸而難受。

身處在海中的渺小人類，卻沒有溺水。這相當微妙而不真實的感受——果然是箱庭。

希瑟也跳進海中，銀白的雙馬尾飄動著，少女拉住了阿樹的手。

「我們已經在箱庭中了。無法觸及現實、也不會被其影響的虛擬空間。」

在水中也可以講話呢，一臉不可思議地向下瞟去，青年睜大了雙眼。

仔細一看，水下的世界——果然跟預想的差不多。

模糊的水底部分仍然是臺中市繁忙的日常，來往的車輛與路人並沒有看到浮在空中的兩人。

「要在現實與虛擬夾雜中找到異樣處喔～」

就算老闆是這麼說了，阿樹初步環顧，並沒有發現水底有什麼特別的地方。

轉身看向阿樹，希瑟勾起嘴角，拍了拍他的肩膀。

「加油！這裡就是你身為助手的價值所在了，努力發揮偵探助手的特長吧。」

我記得幾天前，我還是幫忙畫家整理繪畫工具的助手呢……

阿樹的思考不免有些混亂，不過他還是對魔女豎起拇指。

「交給我吧，華生。」

「……等等，我怎麼成了華生！」

才不會讓妳當福爾摩斯呢。無視在後頭叫喊的可愛魔女，阿樹主動往更深的底部游去。

這還是第一次實際去探索他人的內心，青年覺得很新鮮。不過，跟表層湛藍的海水不同，海面下的視線並不良好。在有些混濁的海水中，他漸漸感到不安，不知道要多久才會找到真相。

話說回來——這座箱庭又藏著什麼祕密？為什麼，張先生的妻子有著這麼深邃的內心？

幸好探索一陣子後，他馬上發現了一處異樣。在海底某條大馬路正中央，有一棟建築物特別清晰。

「會是那裡嗎？」阿樹喃喃自語。如果大馬路中央有房子，這在臺灣可就是釘子戶的極致了。

在遠處海底的是一棟漆著純白外牆、漂漂亮亮的兩層樓建築物。

希瑟也游到了他身旁，「一般來說就是呢，我們去看看吧。」

確認目標後，他們立刻往突兀的大房子游去。魔女沒有多說什麼，便從二樓敞開的窗戶游進了屋內。

阿樹不知道他這華生能幫上什麼，本來擔心箱庭裡的房子會有特殊異樣，但跟著進入室內的他發現——實際上建築物內似乎相當正常。

窗戶內是一個普通的方正房間，僅在窗邊有一套木桌椅，其餘空蕩一片。

他們探索了一下建築物內部，阿樹注意到這棟大房子被劃分成很多小房間，看來是一個提供多人居住的場所。

但其他房間同樣沒有任何家具，無從辨別這棟白色建築物的用途。他們很快就回到最初的房間，將注意力轉移回唯一一套木桌椅上。

希瑟主動上前，從抽屜裡找到一本書，封面有著厚重的皮革質感。

魔女抱著書本到阿樹面前，以嚴肅的語氣解釋：「看來是『俄羅斯娃娃』呢。」

「俄羅斯娃娃？」

希瑟點了點頭。

「嗯，就像是俄羅斯娃娃，一層又一層剝開，越裡面的娃娃越接近核心、越接近真相。沒想到張先生妻子的箱庭有兩層，我猜在翻動這本書的瞬間，會啟動進入下一層的開關。」

這個說法讓阿樹有些困惑，雖然希瑟的意思非常清楚。

「妳的意思是箱庭裡還有——」另一個箱庭？

對於阿樹未出口的猜測，希瑟點了點頭。

他盯著希瑟懷中的書本，「接著要進去更深的箱庭了……」

阿樹的心情其實有些焦慮。

這什麼都沒有的海洋一開始雖然很清涼，但待在裡面久了卻讓他內心有些憂鬱。

阿樹想了想為何會有這種感受——難道是因為裡面沒有任何生物的關係？

只有上浮的氣泡與蠢動的光影，沒有感受到任何生機。

這是一片死寂的海洋。

一位有著豐富人生的人類，阿樹不明白為何會有這種如此壓迫的箱庭。他想要迅速找到答案離開這裡，不過希瑟阻止了他。

「更深處的箱庭請讓我去就好，阿樹就在外面等吧。」

「哎？」

「箱庭裡的每個物件，其實都是當事者『內心』的一部分。如果輕易碰觸的話，意識容易與其過去共鳴，被捲入其中。」對於充滿疑問的助手，魔女笑著解釋，「阿樹因為失憶，沒有明確的認知，我還是建議你不要碰房間裡的任何物品，包括這本書。」

雖然阿樹還是有些擔心，但希瑟再三保證很快會回來後，還是自己翻開了書本。

果然如先前所提，這個箱庭是「俄羅斯娃娃」的結構。一翻開書後希瑟就消失了，只剩下那本漂浮在海水中的書。

之後，阿樹只能在空蕩的房間中等待。但一個人身處在海底中，果然相當不安，特別是在失憶的狀況下。

實際上，他這幾天常常陷入茫然，如果不是一直被希瑟拉著到處跑而很忙，一個人的時候，他便會感到數倍的恐懼。

像是這幾晚，阿樹沒辦法告訴兩位魔女的是——他其實輾轉難眠，並不好受。

不過，阿樹自認在第一晚後，他就漸漸將這些隱藏起來。除了多想無用，主要還是不想讓希瑟擔心。

少女總是在他對她不自覺展現的親暱表現出錯愕後，變得相當失落。體貼的助手，並不想讓魔女有過多的憂慮。

「為什麼……」為什麼我會失憶？這幾天已經不只一次地如此問著自己。

不過，現在更大的問題是——阿樹拿出手錶確認時間，這個手錶也是希瑟送給他的。

已經一個鐘頭以上了，魔女仍然沒有回來。

阿樹相信希瑟在更深的箱庭遇到了麻煩，他該上浮去找救兵嗎？但青年沒有手段解除箱庭。

或者想辦法聯絡鈴蘭？但對那位魔女，阿樹總有些不放心。

「可惡……」阿樹搔了搔頭，伸出手抓住水中飄動的書本。

他是希瑟的助手，必須協助到最後。這也是對她的信任，以及對她那份感情的回報。

翻開書的那一瞬間，阿樹察覺到周圍的地板瞬間溶解，視線也變得狹隘，眼前的一切漸漸暗下來。但再次恢復光明時——卻是異常遼闊的風景。

他正站在某一處小山丘上，放眼望去，是覆蓋一層白雪的大地。

那是一片雪原，但景色有點熟悉……

「啊，是我最初醒來看到的地方。」

迎面而來的寒風有些刺骨，並非夏日的炎熱。

「阿樹的話，敢從懸崖跳下去嗎？」

阿樹愣了愣，轉向聲音的來源。

是希瑟，一樣帶著招牌的俏皮笑容，但那身穿著與炎熱的臺灣夏季非常不搭調。

穿著毛茸茸的大衣加上一頂皮帽的魔女，正站在自己面前。

「我去過極北的地帶，有座小島的鳥兒將巢建築在峭壁之上，在養育幼鳥一段時間後，便會主動將幼鳥從懸崖上推落。你知道為什麼嗎？」

銀髮少女的容貌仍舊有些模糊，但看得出來她在微笑，神情溫柔地詢問著阿樹。

「只因為能夠覓食的地點在懸崖下方，總有一天牠們會成長到父母不能再哺育。幼鳥必須跳下懸崖，才能迎接未來——這果然很殘忍吧？」

他很想回答，接著卻注意到某個殘酷的現實——希瑟的視線並不完全正對著他，而是對著跟他站在同個位置的某人。

雖然目光無法真正交會，少女清澈漂亮的紅瞳卻直直撞入阿樹的心底。

那總會不自主加速的心跳清楚地告知青年，從外表到內心——這名魔女一直深深吸引著他。

而且，就算腦袋一片空白，記不起關於她的事情。可是，每次凝視魔女的雙瞳，阿樹總會感到相當平靜。

那或許就是刻印在靈魂深處的——屬於兩人羈絆。

「享受著陽光、滿足於大地帶來的恩惠，明明隨遇而安就是你的本性……」

銀髮少女抬起一隻手，朝著他伸出凍紅的指尖，觸感有點冰冷。

「你卻想離開限制你的『懸崖』，與我展開旅行。」

少女的神情閃過一絲愧疚。

「對不起，我辦不到。」

她收回手，在身側緊緊收成拳。

「但這份憧憬——其實是我愛著你的部分。憧憬，是這世界最美麗的顏色，雖然有時也很遙遠。」

那充滿憐愛的眼神、那即將滿溢的濃烈情緒，讓他空洞的體內也填滿了悸動。

甚至，連淚水都忍不住滑落。

阿樹確信了，希瑟對他是無比重要之人。這一次，他是打從內心深刻地如此認知。

他想伸出手、想碰觸她那冰冷蒼白的臉頰——

少女的樣貌卻漸漸淡薄。

「旅行已經結束了，我想留在你身邊，留在這個『故鄉』。我想好好將這幾年旅行看到的景色，重新描繪一次。」

故鄉。

聽到那本該熟悉卻陌生的詞彙，阿樹的胸口隱隱作痛。但他沒有機會做更多的交流，少女的身影已隨著迎面而來的強風消逝。

阿樹的手徒然地抓握虛空，寂寞的感覺一瞬間彷彿要將他吞沒。但，內心也同時變得更加踏實一些。

因為他明白了，失去一切而理應一無所有的他，確實被誰記憶著、重視著。

那就是他要去拯救的那名少女。

在轉瞬的黑暗後，眼前再次重獲光明。這次迎面而來的，是相當溫暖的微風。

納悶的阿樹觀察著周遭——夕陽西下的暗紅背景，很像最近認真看了幾次的臺中市夕陽色彩。

「你怎麼會來這裡？」

青年聽到了熟悉的聲音，是自己那魔女老闆的聲音。

消失的希瑟此刻縮起雙腿坐在沙灘上，她的身邊坐著另一位身穿白洋裝的黑髮女子，面貌卻相當模糊。

不只是描述上的模糊，女子的臉就像被各種顏色的蠟筆抹過，此刻那些蠟筆的軌跡、包括身體的輪廓都在蠢動著，阿樹只覺得相當詭異。

幸好，希瑟身上沒什麼異況。

雖然進入深層箱庭前阿樹很焦急，不過看來魔女沒有遇到危機，而且似乎正在跟那面貌模糊的女子促膝長談。

「不對……」

阿樹想到一件事。

在希瑟翻開書本前，阿樹好像有聽到魔女的解釋，因為擔心失憶的自己會捲入他人的意識中，所以剛剛的狀況……

「希瑟，在到這裡前我好像看到了過去的記憶，應該是跟妳在一起的記憶。」

那片遼闊的雪原景色，阿樹的常識告訴自己——臺灣並不容易見到。所以肯定是頭頂上那片天空共同包含的，那片遙遠土地、故鄉的記憶。

魔女的臉上浮現驚訝，最後只能露出苦笑。

「不知道是我還是阿樹——和張太太的內心共鳴了。」

對此，魔女進一步解釋。

「不見得是有著完全相同的境遇，但只要有類似的心情就會觸動記憶的漣漪。這樣想來，與其說是阿樹你的——果然還是我的過去被她觸發了。」

因類似的情境而觸發記憶的漣漪……

阿樹還在琢磨魔女的解釋，只見希瑟突然站起來，對著身旁仍縮起雙腿坐著的女子說道。

「對不起，因為帥氣的男朋友進來找我了，我要回去囉。」

「請別偷渡男朋友的概念，我是妳的得力助手。」

反擊了希瑟的調侃，阿樹擔心地看向沙灘上、彷彿石雕般的黑髮女子。

現在，青年才注意到一個事實。

或許不能說是「促膝長談」，就算希瑟直接與對方對話，面貌模糊的女子仍舊沒什麼反應。

即便臉的五官被塗掉了，身形也飄忽著並不穩定，阿樹還是知道，對方只是一直凝視著昏黃的海平面。始終沒移開的視線，似乎在渴望著什麼。

沒過多久，阿樹突然睜大雙眼。雖然話語沒有即時傳達，數分鐘後女子終究點了點頭。

即便那幅度非常小，希瑟的臉色也稍稍柔和了下來。

「她——是張先生的妻子……」阿樹憑藉直覺猜測道。

「嗯，你沒猜錯。」希瑟的表情十分複雜，「我跟她聊了很久，知道很多事情……這樣的資訊已經足夠了，可以畫出張先生想要的畫作了。」傳說中的「魔女畫作」。

雖然魔女如此宣示，阿樹卻吞了口口水。他覺得希瑟在說謊。就算對方能夠交談，也肯定無法如此順暢地溝通。

可銀髮魔女有些難過的側臉，終究讓阿樹把嘴邊的話吞了回去。

在離開這寧靜的海灘前，阿樹再次回頭瞥了一眼。遠遠看去，那異常消瘦的女子，仍舊注視著永恆的夕陽。遠方的橘紅，似乎將永遠渲染著這個沒有出口的深層世界。

離開深層箱庭的方法，是依照進來的方法反過來執行。

「我的描述會如此饒口，是因為每個箱庭的進出手法並不相同。」希瑟撿起攤在沙灘某個角落的書本，對著阿樹解釋。

魔女將書本闔上，阿樹周遭的景色隨即迅速轉暗，再次重現光明時，便回到原本海中的空蕩房間。

阿樹想了想，希瑟用俄羅斯娃娃的比喻很精準，怎麼剝開的、最後也是用同樣的方法一一裝回去。

「話說回來，如果有箱庭的進入手法是剝殼吃花生的話，那吃掉的花生總不會再吐出來吧。」

「真虧你想得到這種噁心的方式，我是沒有遇過啦……」

沒有繼續徘徊的心情，他們離開了那棟純白的別墅游回岸上，魔女將構成箱庭的方塊收回體內。

無數藍色方塊在藍天中舞動，彷彿拼湊出鯨魚、魟魚、熱帶魚群的身形，在空中自在巡遊。

最後似乎感受到魔女的意志，這些方塊才依依不捨地碎裂，回到她的胸口中。阿樹覺得這景觀真是怎看都看不膩。

更神奇的是——沒想到淋溼的頭髮和衣物也碎成方塊，仔細一看，是附著的水分也變回藍色小方塊飛入空中，感覺就像經歷了快速烘乾。

「我穿完衣服就走囉——我的身材在這幾百年間保持得很好吧，阿樹？」

全身也變得乾爽的希瑟拾起地上摺好的洋裝，大方展現自己的同時，還不忘調戲助手。

有自信是好事，但妳以為我會害羞？阿樹搔了搔頭，乾脆用力盯著魔女猛瞧。

「……還是麻煩你轉個身吧。」

雖然有著號稱幾百歲年齡的智慧，銀髮魔女還是像普通的年輕女孩，有些害羞而屈服了。

這之後的一兩天，希瑟專心待在畫室裡，塗抹準備送給張先生的畫作。

天鵝座書屋共有四層樓，一樓是鈴蘭的獨立書店，二樓是放書的倉庫。三樓是房間——當然是各自一間。

頂層是全部打通的四樓，也就是希瑟的畫室。在這裡阿樹就能徹底感受到老闆是畫家的事實，畢竟裡面的各種畫架上還擺放著各式風格的畫作。

雇主忙於畫畫，助手有點無聊。開工第二天午後，他才有了個點子，自己騎電動車出外買了禮物準備犒賞老闆。

吃完午餐後，希瑟繼續專心工作。今天的她綁好單馬尾、只穿著無袖條紋衣與透氣的短褲。

阿樹其實喜歡觀察魔女作畫的過程，看著她打好底色、一筆一筆仔細勾勒出那對緋紅雙瞳所看見的色彩。

「繪畫的過程，其實跟創造箱庭很像吧。」阿樹突然有感而發。

他默默將蛋糕拿出來，放在另一張椅子上，耐心地切片。

過了幾分鐘，希瑟決定休息片刻，先喝了口可樂降降身體的熱氣。

由於油畫顏料有特殊氣味，希瑟一般還是讓畫室保持通風，在夏季影響下，室內溫度相當高，就算有電風扇幫忙送風也沒什麼用，所以她才穿了一件無袖上衣和短褲。

「嗯，你說得對——千層蛋糕！」魔女插起一片蛋糕送入口中，雙眼立即發亮。

拉了張椅子坐到阿樹身邊，笑瞇瞇的希瑟想靠在助手肩上，但想一想還是作罷。最後，只是以閃閃發亮的雙瞳凝視著身旁的青年。

「阿樹我問你喔，你覺得是先有雞、還是先有蛋？」

「這什麼老梗哲學題——反正不管雞還是蛋先出現，前者變成了炸雞、後者變成了荷包蛋。」

「呵呵，你的回答一直都很有自己的風格。」希瑟滿足一笑，最終將視線轉向陽光穿入的窗邊。

在青年看來，那側臉夾帶著幾絲寂寞。

「我是先想畫畫，才成為魔女的。換句話說，箱庭是為了我而生的能力，就像其他魔女——她們也因追求著什麼而得到相應的能力，代價則是生命的永恆。對一般人來說，這聽起來應該是犒賞吧？」她輕輕嘆了口氣，「但真正意義上的永恆……」

魔女並沒有將話說完。

阿樹沉默了，他靜靜交握著雙手，守望在寂寞的少女身旁，一同望著窗外的藍天。

你卻想離開限制你的「懸崖」，與我展開旅行。

想起在海中共鳴到的記憶漣漪，阿樹決定轉移話題。

「話說回來，妳最初是從哪裡開始旅行的？」

希瑟瞇起雙眼，青年可以從那張亮起的小臉上看出來，那是段美好的回憶。

「嗯——畢竟我出生在歐洲，最初是在歐洲四處逛逛。但之後有很長一段時間，我就沒有再旅行了。」

跟記憶碎片中的描述符合，後來希瑟回到阿樹身邊，兩人似乎住在那座小山丘上。在阿樹聽來，希瑟也很久沒回故鄉了。

「那——」能不能回去故鄉看看？

本想說出口的這句話，卻突然卡在喉嚨。失去了記憶，什麼都記不起來，連那所謂故鄉的面貌都沒有個底，所以他只能突兀地沉默了。

為了避免希瑟的擔憂，阿樹這次看向了要送給張先生的油畫。

「不一樣……」

要送給張先生的油畫已經接近完成了。銀髮魔女描繪了阿樹一同經歷的那個場景，但整幅畫的風格與氛圍……

阿樹不得不想起，先前鈴蘭在接受張先生委託時，提出的第三個要求。

你——願意接受真相嗎？

魔女眨了眨眼，與助手一起望著自己的作品。

「嗯，並不一樣。」

少女再次露出有些寂寞的表情。

兩天持續不斷的努力，終於成就了畫布上的作品。

在阿樹看來，繪畫是一個有些自虐的過程。魔女總是眉頭深鎖，把優雅的銀髮抓得一團亂，只為了將內心的色彩以最美好的比例與方式，呈現在空白的畫布上。

可是，她就是如此耐心、如此充滿覺悟地完成每一幅油畫。

阿樹協助希瑟把不大的油畫裝框並包裝好，在第三天，他們起了個大早，來到臺中新火車站。

兩人搭上電扶梯，穿過另一座廣場，最後進入新火車的站體。

七月的高溫和擁擠的人群讓阿樹汗流浹背，又有些暈眩。幸好希瑟走在前頭，牽著助手的手引導他穿過驗票口，所以沒有發現他的異樣。

在月臺等車時，阿樹觀察著今日的希瑟。銀髮少女穿著看習慣的那件高腰肩帶洋裝，還是一樣的雙馬尾。

注意到他的視線，希瑟笑著對阿樹說：「我跟鈴蘭和張先生打過招呼了，我們——去了解真相吧。」

或許，是時候見見現實中的張太太了。

阿樹低頭研究手上的車票，上頭寫著從臺中到屏東。

注意到阿樹的視線，希瑟好奇地問道：「從上次來這邊開始我就很好奇了，你對屏東這地方有沒有什麼印象？」

阿樹搜尋著記憶，「坑錢、貴死人。」

「……你的記憶真是糟糕呢，感覺對這世界充滿怨恨。」

不過這記憶——絕對是屬於臺灣人吧？果然很奇怪，阿樹心想。

青年搔了搔頭，本來想再挖挖自己的記憶，但月臺上實在太熱了，他最後乾脆放棄去做無謂的思考。

搭上自強號，他們開始了幾個小時的旅途。實在沒什麼事好做，阿樹就用了這段時間補眠。

「阿樹就不怕我在你臉上塗鴉？」

都幾歲了。

雖然坐靠窗位置的希瑟拿著麥克筆、雙手蠢蠢欲動，但身為魔女的助手，阿樹覺得自己不可能是被嚇大的，一點都沒有害怕的感覺。

看著窗外流逝的景色，他很乾脆地閉上眼睡著了。誰叫昨晚希瑟還嚷嚷著要去他房間打 **PS4**，真像是準備去戶外教學的孩子。

直到有些漫長的車程告一段落，聽到提示聲的青年悠悠醒來，先拿出側背包裡的小鏡子確認自己臉上沒花掉。

還很乾淨，那希瑟在做什麼？

阿樹這時才嗅到一股髮香，還有肩上輕微的重量。大概也累了吧，銀髮的少女靠著自己的肩膀睡著了。

阿樹想了想，拿出自己偷偷藏起來的麥克筆。其實他有些捨不得在那宛如琉璃藝品的漂亮臉蛋上留下塗鴉，所以就在她的手背上畫了個動物。

離開屏東火車站，兩人坐上前往目的地的計程車，希瑟厭惡地凝視手背上的「小動物」。

「……這是鴨子嗎？」

「不是，是老鷹。」

在火車之後又換了計程車，整趟不短的車程，魔女和她的助手一直在爭論手背上的動物是什麼。

直到爽朗的司機大哥笑著收錢，告訴這對準備下車的小情侶（外人眼中）不要再鬥嘴了，阿樹才能好好觀察周遭的環境。

路途中根本沒好好看窗外，周遭的景色已經改變很大了。但比起景色的驟變，阿樹首先感受到的反而是有些粘膩的風。

是海風啊。青年走到馬路邊的水泥護欄前，睜大眼看著面前的景色。

水泥護欄後方首先是遍布沙地生長的強韌馬鞍藤，接著是不大的灰色沙灘，最後是一陣陣拍打上岸的浪花，以及遼闊平靜的大海。

遠方，漁船在波光粼粼的海面搖晃，在無一絲雲朵的夏日藍天下，一切都顯得心曠神怡。

「好了，我們的目標並不在那邊。」

希瑟見他不想移開目光，乾脆強硬地將青年轉過身，並指向馬路對面的某個地方。

「阿樹你看看——那棟建築物。」

「……」順著魔女的視線，阿樹總算注意到了。

在馬路對面、漆著白牆的大房子，那外觀跟張太太箱庭裡的建築一模一樣。

一進入「純白之家」，希瑟就跟櫃臺後方的護理師攀談起來。

年輕的女護理師看到銀髮紅眼的希瑟還有些愣住，不過很快就恢復專業的態度。

「是，我們來探望吳怡婷……」

「我有收到張先生的通知，說有位外國人和她的助手要來拜訪夫人。」

護理師點點頭，協助希瑟辦好登記手續後，就呼喚另一位中年護理師來領兩位訪客進去。

跟建築物給人的悠閒氛圍差不多，純白之家的內部裝潢也走溫馨的風格，隨處可見舒適的沙發椅、明亮的燈光與乾淨的防滑地板……

但跟在護士後頭的阿樹，只是以凝重的語氣跟希瑟說著悄悄話。

「希瑟，妳已經知道什麼了嗎？」

魔女一手抓著包裝好的畫，另一手悄悄握住助手的手腕。

「嗯……」

看著有些怯弱的銀髮少女，阿樹反而露出微笑。他的魔女老闆，其實是很溫柔的人呢。

在護理師的帶領下，他們來到二樓的某間病房前。中年護理師推開了病房的房門，之後就輕聲離去。

那是一間單人病房，敞開的窗外正好對著戶外的藍色大海。

在病床邊，壯碩的張先生守候在一旁，以溫柔的表情看望著病床上的妻子。

由於長年臥床，插著維生系統的女子剃光了頭髮，雖然雙眼微睜，卻只是注視著眼前的虛空。

兩人的心，或許註定無法再交集。曾有的繽紛生活，如今也只能在單調的病房無奈延續。

對於這番景象，阿樹也感到不捨。

原來張先生的妻子是植物人。這是他不願說出，或者也是不想承認的真實，所以才沒有告訴魔女。

「打擾了。」抱著自己的畫作，希瑟輕聲說道。

張先生起身致意，拿起一旁的水果禮盒送給他們。

「抱歉，還讓你們跑一趟。」

阿樹姑且代替希瑟接過了張先生的好意，銀髮少女則保持著禮貌的笑容。

「不會，我也想見見她一面。」

她瞥了昏迷的張太太一眼，接著以堅定的目光看向張先生。

「然後，將這幅畫親手交到你們手上。這幅油畫，就是你內心——」希瑟突然搖了搖頭，「不，堅強的張先生並不需要我的鼓勵，否則你就沒辦法照顧車禍昏迷的妻子這麼多年吧。」

頓了頓，她才繼續道：「這幅油畫——是你妻子此刻的心願。」

是在那箱庭中的箱庭，希瑟所看到的真實。

接過畫的張先生，雙手微微顫抖。他表情呆愣地坐回塑膠椅上，目光在兩位訪客之間來回，似乎在詢求誰的首肯。

「沒關係，拆吧。」

得到希瑟的允許，張先生拿了把剪刀，默默剪開外包裝。

他一直想看看，想在這看不見盡頭的惡夢中，哪怕是找到一點慰藉都好。

一直想知道——身旁昏迷不醒的枕邊人，經過這麼多年的沉默，在她意識沉睡的那片深海裡……

究竟，還有沒有靈魂？

是否，還能夠聽見丈夫的呼喚？

甚至——只要是照顧病人多年的家人，總會冒出的那個痛苦疑問。

那個答案，將在魔女的油畫中揭曉。

「啊……」

包裝落地，油畫總算正式展現在張先生面前。

就算身體練得再精壯，就算在長年的無望等候下、精神磨練得再堅韌……在看到希瑟的畫作的那一瞬間，男人就這樣落下了兩行淚。

那是阿樹在深層箱庭看到的，面貌被塗掉的女子。

他不知希瑟怎麼辦到的，但油畫中彎曲雙腿坐在白沙灘上的女子，此時五官卻清晰而豐潤，跟眼前虛弱臥床的樣子完全不同。

而且——不是宛如末日的昏黃色彩。油畫中的天空，是代表救贖的魚肚白藍。

張先生的妻子所凝望的地平線遠方，是將要迎接美好未來的黎明。

希瑟將雙手放到背後，向他露出溫柔的笑容。

「你的妻子，一直在等待甦醒的那天。」

對於張先生來說，這或許是他渴望已久的答案——他一直想知道的，妻子那沉在海底的內心。

但阿樹只是默默看著這一切。

看著魔女那嬌小的身軀，暗自顫抖著。

跟張先生稍作閒聊後，他們沒有多加逗留，立刻起程離開了屏東。

一樣將靠窗的位置讓給希瑟，阿樹雖然笑著逗可愛的魔女，內心卻來越凝重。

搭上火車後，魔女一直不願開口。他注視著凝望窗外流逝景色的銀髮少女，在心中整理著這一整天下來見到的一切。

他隱約知道了背後的答案、魔女未說出口的祕密。

或許什麼都不說，對於雙方的關係會比較有幫助……可是，他身為魔女的助手，身為曾經陪過魔女旅行、看過無數箱庭的夥伴，他能保持沉默嗎？

就算他的記憶不全，那能當作推託的理由嗎？

想起年復一年堅持著無望等待的張先生，阿樹搖了搖頭。

幼鳥必須跳下懸崖，才能迎接未來——這果然很殘忍吧。

在阿樹剛想開口，上車後就一直默默注視窗外的銀髮少女卻搶先一步。

「我，說謊了呢。」

所以，當初翻開書的她才遲遲沒有回到外層。

魔女猶豫著、痛苦著該如何將真相告知給張先生。最後，她終於找到方法——但那又是另一個謊言。

「在那箱庭中……他的妻子……」

不會衰老、不會死亡的魔女，已經旅行了數百年。但對於本性溫柔的她來說，這些屬於凡人的生離死別，仍舊是沉重的負擔。

所以在墜入海底的箱庭時，才會共鳴，才會因這顆石子泛起記憶的漣漪。

阿樹伸手攬住嬌小的希瑟，摸了摸她的頭。

「不想說也沒關係。」青年的聲音，很溫柔很溫柔。

「嗚……」

銀髮少女終於忍受不住，顫抖的雙手緊緊抓住衣角，他的耳邊傳來了壓抑的啜泣聲。

「魔女畫作」的真相，或許是建立無數殘酷的謊言上。阿樹閉起眼，回憶起那淹沒整座臺中市的箱庭之海。

在那昏黃的沙灘邊，純白之家的深處。

那無法解脫的靈魂，只求一次真正的長眠。

A Summer
for the Witch

Chapter 3

[翡翠色的家鄉]

從純白之家回來的那個週末，希瑟很快就重拾笑容，就像阿樹最開始遇見的那位銀髮少女，活力充沛地指使著助手做東做西。

當阿樹在畫室裡看著魔女作畫的時候，現在的他會花費更多心思，去注意藏在每一幅油畫裡的祕密。

不管是露出慈愛笑容守護嬰兒的天使、在雨中的城市街角演奏小提琴的男子、於黎明時刻在頂樓張開雙臂微笑的少女、抑或僅僅是窗邊盛開的幾朵花……

陪我一起去尋找並記錄——連我也能睜大雙眼感慨的、最美麗的色彩。

回想希瑟曾提及過的夢想，阿樹不免在心中思索著。

如果這些所謂的「美麗色彩」，背後都有各自的故事，那麼，就像自然界帶毒的生物總有著鮮豔的外觀，遠遠欣賞會是最好的選擇。

希瑟卻主動碰觸，透過箱庭，魔女吃下那些帶著美麗外觀的殘酷情感。

就算毒不致死，阿樹覺得長久下來，對於希瑟的身心也不會是好事情。

即便如此，魔女仍背負著他們的期望，完成一幅幅撫慰心靈的魔女畫作。

時間一久，或許對於這些悲歡離合的故事也有點麻木了，所以才能這麼快就回復正常。

阿樹覺得她實在太過溫柔了。

「阿樹，這顏色剛好用完了，你能不能幫我跑腿一下。」

一回神，希瑟正單手插腰，對助手發號施令。

在家裡都是簡便的無袖襯衫與短褲，還會綁上單馬尾，不過阿樹覺得什麼形象的魔女都很可愛。

「是～妳就好好休息吧。」

過去的他肯定也一樣慶幸吧？慶幸自己的老闆是這位魔女。

起身的阿樹揮揮手，露出無奈的笑容往樓梯口走去，「不過，有沒有額外的出差費？」

希瑟對顏料的要求其實不低，至少不是隨便跑去一間美術用品店就能打發的程度。她特別喜歡的那款顏料的販售點不多，店家剛好離書屋很遠。

「當然沒有喔，我都提供阿樹吃住了，你還缺乏什麼？」

確實，阿樹也不知道自己多那點錢有什麼用處，而希瑟也幾乎能滿足他的任何經濟需求，並不算是很吝嗇的雇主。

真的要說的話……「也許可以買些點心送給可愛的老闆喔，感謝妳收留我。」

「拿薪水買禮物巴結老闆，你不覺得這樣很矛盾嗎？快去吧。」

確實很矛盾。阿樹勾起嘴角在心裡承認，離開前又偷偷瞄了希瑟一眼。看來她是想早點畫完，遠遠看見她又拿起了畫筆。

「快去吧。」希瑟回頭吐舌。

待阿樹走後，魔女才舉起握著畫筆的右手，過於冷淡的視線落在上頭。

本來要拿來繪畫的那隻手——在一瞬間碎裂成無數方塊，畫筆落到了地上。

那不過是幾秒的變化，一下子她的手就又恢復正常，彷彿剛剛的詭異狀況只是幻覺。

但她的右手，仍不自主地顫抖著。

果然，我還是會害怕嗎……

盯著地板的希瑟側臉，只是閃過有所領悟的神情。

七月的第二個週二。

這天晚上，阿樹接受了書屋主人的請求，來到一樓幫忙整理那不算少的書架。

雖然技術上來說，自己應該是希瑟的助手，但鈴蘭卻偷渡概念，既然是魔女的助手，幫助鈴蘭這另一位魔女也是理所當然的事。

「薪水就跟希瑟姐姐拿吧。」彷彿猜中了阿樹的想法，今日一樣穿著蕾絲睡衣的黑髮女子笑著說道，繼續指揮青年動作。

雖然以姐姐稱呼希瑟，但在阿樹看來，鈴蘭的外貌還是比銀髮魔女成熟多了，特別是身材的部分。

「對，新書就插那個位置，把《A子不會預言自己死亡》那幾本書抽出來。」

來。」

竟然是天鵝座書屋裡不多見的小說，而且有著相當漂亮的封面。

阿樹看著上頭的制服女高中生，「是有客人訂這套書嗎？所以才特地抽出來。」

「你要拿薪水買也可以，這小說一直賣不出去我就要下架了。」

「……」可憐吶，午夜藍。

阿樹幫作者默禱，接著將整套書放在搬運書的小型推車上。

一起合作下，兩人很快就把剩餘的書籍都整理完畢。

雖然一樓做為店面是有裝冷氣降溫，但搬書終究是體力活，這點工作也是讓他們流了不少汗水。

阿樹在辦公室稍作休息，腦中反而想著四樓希瑟的狀況。她說今天沒完成作品就任性不睡覺，等下去看看吧……

「辛苦了，多個助手幫忙果然不錯，我也想去找個員工了。」

鈴蘭笑著從小冰箱裡拿出盛滿的容器，倒了一杯給阿樹。

「冬瓜茶。」

「謝啦。」

青年一鼓作氣將喝完，順著鈴蘭開啟的話題聊下去。

「一層樓的店面也不算小，妳沒想過再找人來幫忙嗎？或者偶爾向四樓那位天才藝術家求援？」

天鵝座書屋沒什麼人光顧，魔女的畫作也不以營利當作目的……阿樹突然覺得兩位魔女能在這座城市生存至今，實在不是件容易的事情。

身體輕靠著辦公桌，鈴蘭喝冬瓜茶的方式讓阿樹覺得像喝啤酒般豪邁，特別是那特大號的玻璃杯——怕是平常就拿來喝酒了。

她喝完容器內一半的冬瓜茶後，才露出降溫後的幸福的笑容。

「我覺得有阿樹哥就很夠了，雖然你肯定會被姐姐拉著到處跑，有自己的目標要追求——呢。」

不知為何，阿樹覺得鈴蘭在說這句的時候，語氣有些猶豫。

「至於我……」黑髮女子低頭看著雙手捧住的玻璃杯，嘴角無奈勾起。

這動作倒是讓她帶了點稚氣，阿樹心想。

「跟姐姐不同，我很討厭人類——或者不是說討厭，而是不喜歡接觸他們。」

「妳這話就把我排除掉了，原來我只是長得人模人樣？」

阿樹那帶點幽默的反問讓鈴蘭笑出聲。

「呵呵，你說呢？」

怎麼說——失憶的自己實在也沒什麼著力點。

但說到不喜歡接觸人，阿樹反而想起記憶中的銀髮魔女。在月光下畫畫的少女說她不喜歡人類，卻又喜歡他們的色彩。

「印象中，妳們是受到『餽贈』才成為魔女。我不太明白這個餽贈是什麼意思，但最開始妳們也是人類吧？」青年抓抓頭髮，「所以……會對人類抱持著複雜的想法，我想也是理所當然的——蝴蝶看著還沒蛻變的毛毛蟲，總會有類似的困惑。」

對於阿樹的解釋，鈴蘭眨了眨眼。

「我們是蝴蝶呀，在你看來是這麼漂亮的生物嗎？」

「原本可是毛毛蟲，有毒的。」阿樹豎起食指強調。

鈴蘭笑得可開心了，「跟你聊天很有趣，我可以明白希瑟姐姐愛你的原因了。」

說著說著，她的臉色卻逐漸冷淡下來。

「不過，我討厭毛毛蟲只是很單純的——生理上有其無法接受的原因。姐姐活很久了，她很早就找到跟人類相處的方法，那很不容易。」黑髮女子扯了扯嘴角，「我還在學習共存的方式。」

阿樹，跟我來一下吧。這麼說著的鈴蘭站起身，帶著青年離開了辦公室。

不過他們並沒去多遠的地方，只是回到了外頭的書架區。鈴蘭朝阿樹招招手，兩人面對面站在書架的走道間。

「我還沒跟你談過吧，我做為魔女的特異之處。」

「確實沒有……」

「那就——給你看個東西。」

鈴蘭微笑著，指尖對準青年，胸口散發出淡淡的藍光。

那是魔女之心，魔女的饋贈，魔女的證明。

原本阿樹還以為要看到正宗的魔法了，畢竟希瑟的箱庭雖然很酷，但總覺得——呈現方式似乎更像某種人類難以理解的超高科技，總之不是丟出火球或冰錐什麼的大魔法。

然而，在數秒的等待後，最終從鈴蘭細長指尖蹦出來的仍然是一顆方塊。但跟希瑟的方塊似乎不同，在天花板的光照下，方塊上頭流轉著各式語言，中文、英文……其他文字阿樹就認不出來了。

「阿樹哥，你試著戳破看看。」

阿樹吞了吞口口水，食指碰向停在空中的透明方塊。

觸感上更像是海綿，不過這顆方塊比想像中要穩固，阿樹攪動手指數次，方塊才終於破裂。

那一瞬間——青年聽見了，看見了。

街角籃球場的打球聲與孩子的嬉笑聲、市場喧鬧聲與婆婆媽媽的聊天聲、劃破天空的戰機引擎聲、陣頭的敲鑼打鼓放鞭炮聲、土地公廟旁榕樹的枝葉磨擦聲……

大至遠處午後陣雨的雷聲，小至桌邊一隻原子筆掉落的聲音，也都被「紀錄」了。

每一段聲音都伴隨著幾個迅速切換的畫面，彷彿是在火鍋裡一次丟入所有食材，卻還能清楚分辨出每個食材的外貌與味道。

一般生命體的大腦無法處理這種訊息量。

平衡感在瞬間的衝擊下失調，阿樹因強烈襲來的暈眩而身體一晃。

「抱歉，讓你不舒服了。」鈴蘭趕緊伸手扶住他，「不過，將萬分之一——不對，至少是百萬分之一的訊息分享給阿樹哥，你就知道我的辛苦了吧。」

「百萬分之一……」

這所謂百萬分之一的訊息，阿樹已經相當受不了。

但面前的黑髮魔女除了穿著過於慵懶隨興，看起來跟平常的年輕女性無異。

無時無刻都要接收這樣過於複雜的噪音，精神早晚都會崩潰。

「我能聽見星球運轉的聲音，並且儲存巨量資訊。」鈴蘭聳聳肩，「當初也是靠這樣篩選才找到了希瑟姐姐。跟她能往下挖冰山不同，我只能聽取海面上的動靜。」

如果希瑟是過於精細的天文望遠鏡，那鈴蘭就是容量過大的錄音機了吧。阿樹的腦中突然冒出這奇妙的比喻。

總之，她確實是魔女，絕不是謊稱為魔女的人類。青年算是認知到這個事實了，但也有些擔心鈴蘭的狀況。

「這跟看鄉土劇伴眠的狀況不同——妳每天聽這麼龐大的聲音，難道不會瘋掉？」

「最初是這樣沒錯呢。我曾經自殺過幾次，但在正常狀況下完全死不了。」

想死卻死不了……阿樹睜大眼睛。

但鈴蘭很快就搖搖頭，露出微笑。

「不過這只是一開始，就像蝙蝠的回波，只要精確控制接受聲音的範圍和類型，就能重組出一個不一樣的世界。」

說著說著，黑髮女子閉起眼睛，一手放在耳邊。

「例如──從阿樹哥這段期間的心跳聲、呼吸聲的頻率、和眨眼的空氣聲響，我知道你是發自內心在擔心我。」

阿樹的臉一紅，抓了抓後頸。

「還有，希瑟姐姐這塗抹的力道和頻率──她是在畫吉娃娃的耳朵吧，看來她對委託者家的吉娃娃耳朵形狀拿捏不定，手在顫抖呢。」

「……妳等我一下。」

阿樹衝上四樓查看。畫室中的單馬尾少女確實皺著眉頭，盯著那占據整面畫布的寵物犬環胸構思中。

一聽到助手造訪的聲響，希瑟立刻笑著轉向他。

「阿樹，你們把書整理完啦？你覺得這隻吉娃娃要畫尖耳、還是圓耳好？」

「……」

再次衝回一樓書架區的阿樹用力搭住店主的肩膀。

「妳太厲害了！」

好像在身上長了很多鈴蘭的眼睛，根本從頭到腳都被看透了，結果卻是用聽覺就能辨到，從某種角度來看，實在非常不舒服。

這麼說來，之前鈴蘭像是能讀心的狀況，都是來自她的魔女能力？雖然就她的說法，這不是真正的讀心。不過，如果能收集到這麼多的個人情報，幾乎能達到類似讀心的效果。

但不同於滿身雞皮疙瘩的阿樹，比偵探還偵探的黑髮魔女卻打了個哈欠，突然身子一軟。

阿樹連忙接住她，癱倒在他懷中的鈴蘭揉了揉雙眼，忍不住苦笑。

「其實這很耗體力，雖然我好像被希瑟姐姐叫成安樂椅魔女，但我更想叫白日夢魔女，每天只要睡覺就好。」

該說辛苦嗎？至少現在阿樹看著鈴蘭的眼神多了幾分敬意——就一點點。

「一天判別一個情報就很累了，判別兩個就快受不了——請背我到姐姐的房間，我要睡了。」

然後，還沒洗澡全身也還有汗的黑髮魔女，就這麼露出香甜的微笑睡著了。

「……」

阿樹有些無言，也只能把鈴蘭背回三樓的房間。比起到處寫生、身體堅實有力的銀髮魔女，她明顯柔軟很多。

感覺比較重。

「你在猜我的體重？」

阿樹咳了幾聲，裝作沒聽到鈴蘭含糊的疑問。

接著背後就不再傳來少女的聲音，似乎真的睡著了。

本來是這樣想，不過在他把鈴蘭放在希瑟的床上蓋好涼被後，耳邊卻傳來了鈴蘭微弱的聲音。

「姐姐好像沒講，我也差點忘了說。幫你們訂好囉——明天的民宿。」

這是……在說夢話嗎？

呃，他確實沒聽過希瑟說過明天要出遊，這也決定得太隨興了吧。

「姐姐一直在接觸人類，對魔女來說就是劇毒呢。陪她去鄉下散散心吧。」

果然是劇毒嗎？阿樹想起目前接觸過的兩位魔女，確實都因為人類的存在而活得有些疲憊。

「收到。」

就算彼此間並沒有實際的血緣關係，在阿樹看來，鈴蘭和希瑟的感情也好得就像親姐妹，但誰是姐姐誰是妹妹就不好說了。

阿樹輕聲對鈴蘭說了聲晚安，準備上樓幫老闆想狗耳朵的形狀。他的前腳才剛踏出門口——

「就拜託你了……多陪陪希瑟姐姐。」

那是帶著沮喪、甚至有些哽咽的聲音。

阿樹訝然地轉頭，但只看得到黑髮魔女裹緊涼被的背影。

鈴蘭的那句話，直到隔天還在阿樹的腦海中迴盪。

「多陪陪她嗎……」

在戶外的陽光下瞇起眼，穿著白色短T與牛仔褲的青年喃喃自語著。

雖然鈴蘭那麼說，但自從失憶的他在火車站醒來開始，他的生活不就已經一直圍繞著希瑟打轉了嗎？。

除了睡覺時間之外，幾乎一起床就被希瑟牽著手到處跑，簡直是路邊抓一個路人問，都會說「你們熱戀期？」那樣的程度了。

現在也是，搭火車到離臺中市有點遠的隔壁縣鄉下後，他們租了兩臺電動腳踏車騎到民宿放行李，這時候才剛走出民宿。

其實外頭實在很熱，背著背包的阿樹看著手錶上的時間，起個大早搭火車過來也近中午了。

七月的陽光毒辣，他的額頭不停冒汗。阿樹唯一慶幸的是，剛剛至少有擋住希瑟租普通腳踏車的念頭，光想就會累死。

「好熱——真想吃雪花冰啊。」阿樹低聲抱怨。

「我倒是很喜歡臺灣的夏天，以前在歐洲冬天可是非常冷呢，現在看到太陽心情就很好。」

從他身後蹦出來的雙馬尾少女穿著連身白洋裝，裙邊有著細緻的蕾絲，頭上那頂草帽更添加涼意。

很冷的歐洲嗎？阿樹想了想，「我對冷的印象是玉山的初雪，上山時穿得很厚很厚。」

這是腦袋裡的常識告訴他的，真要說的話，是有在另一段記憶中看過覆滿白雪的草原。那是……什麼時候的事情呢？他和希瑟，究竟認識了多久？

「阿樹有去過玉山？哎——？」

希瑟眨眨眼，困惑聲拉得很長很長，阿樹也覺得相當納悶。不過魔女沒有給助手思考的空間，開心地抓住他的手。

「不要想太多，先去吃午餐吧。」

在盛夏的陽光下，面對著助手的魔女露出燦爛的笑容。

「活在當下才是最重要的事情。」

不是不想尋找記憶，而是跟著希瑟到處跑的過程中，阿樹漸漸喜歡上這樣的日子。只要能多陪陪魔女，其實也就很足夠了。

民宿熱情的老闆，推薦他們一間火車站前的百年小吃店。由於民宿算是坐落在郊外，必須穿過一片片水田才能回到車站。

騎著電動腳踏車穿梭於田野之間，有些稻田還是荒地，也有部分田地已經插秧，水面映照著天空的湛藍。

不只是希瑟，阿樹也覺得心情愉快很多，對張先生的愧疚也稍微放下了。

回到火車站附近，他們依照老闆提供的店名找到了小吃店。看起來不大的廚房就設在店面外邊，店內沒有開冷氣，客人卻不算少，陳舊的牆面上掛著幾臺緩慢轉動的電扇。

看著是有點熱，但阿樹不怎麼排斥這種用餐空間，而且從來客數就看得出來，這裡的料理一定有獨到之處。

剛好還有一張空桌，阿樹趕快搶下位置。希瑟的外貌雖然引起了注意，不過也只是被多看了幾眼。

「民宿老闆說這間店的招牌是魯肉飯和臭豆腐，那就先點一盤臭豆腐吧。」

阿樹研究著菜單，一想到那炸得酥脆的臭豆腐搭配醃菜，他都要流口水了。

但一旁的魔女卻面有難色。

「我、我不吃臭豆腐喔。」

「嗯，為什麼？」

外國人不習慣那種味道不奇怪，但說著一口流利中文的希瑟，除了外型像銀白的雪國妖精，其他方面都靠著長年生活變成普通的臺灣人了，連筷子都很會用，應該連口味也入境隨俗了吧。雖然阿樹仔細一想——自己也應該算「外國人」才對。

「不、不喜歡那個味道，連桌上都不要出現……」

「我看妳米血糕都吃得很開心，怎麼會怕臭豆腐？」

在阿樹逼問下，希瑟才說出殘酷的真相。

「當年我來臺灣的第一晚，還沒習慣這裡的飲食文化，就被鈴蘭逼著吃臭豆腐，還說什麼超級好吃的，硬塞到我嘴裡。什麼『臺灣人很熱情好客喔，希瑟姐姐不接受我的好意嗎？』她這樣哭喪著臉問我，都不知是認真的還是故意在整我……」少女雙手掩面，「自那之後就有了陰影……」

「……」這樣，是有點可憐呢。

不過考量到鈴蘭的「聽覺」——果然是故意的吧。

對著笑咪咪的阿樹，希瑟感覺自己的氣勢矮了一截，想來想去，還是嘛著嘴撒起嬌來。

「如果阿樹不吃，等等親吻的時候才沒味道嘛。」

希瑟心想助手肯定會害羞，但阿樹只覺得太熱了，他拿著不知從哪搞來的紙扇搧風，若無其事地回應。

「那就不點了——晚點記得要親一口喔，不要爽約。」

「哎，等等……」

兩人打鬧了一陣子，周邊的客人紛紛投來目光。

最後上桌的小菜還是從臭豆腐變成了油豆腐、滷蛋和豆干，滿頭大汗的阿樹拿起碗，扒了一口香噴噴的滷肉飯嚼呀嚼。

「說起來，下午老闆又要到處寫生了嗎？」

嘴上閒聊著，阿樹的視線飄向懸掛的舊電視。

臺語新聞報導著這一週熱浪來襲，在世界各地造成的災情。聽起來有些遙遠、卻沒有真正很遙遠的感覺。

「去畫畫稻田吧，還有傍晚在田邊飛行的白鷺鷥。」希瑟停下了筷子，憧憬的目光彷彿已經投向鎮外的美景，「秋天來的話會更棒吧。我喜歡結穗的金黃色稻田，跟我們故鄉那片麥田很像。」

聽到魔女懷念的語氣，阿樹跟著努力回想，感覺似乎有些模糊的畫面，好像看到了遠方的金黃色之海。

「可惜等不到那時候……」

等不到那時候？阿樹正想說些什麼，同樣滿頭大汗的銀髮魔女卻一臉懊惱。

「畢竟住宿特價只有暑假，可惡。」

果然是自己想多了，阿樹心想。

之後的用餐時間，他們繼續閒聊著各種話題。

「阿樹也知道鈴蘭的魔女能力了？那你知道她靠著聽覺，其實賺進不少桶金嗎？」

「不，這個我沒聽過……」

阿樹想了想，天鵝座書屋其實離臺中市中心不遠，地價肯定不便宜——而她竟然買下了整整一棟四層樓。

況且鈴蘭根本就沒有住在那裡，阿樹突然懷疑七期有幾戶根本是白日夢魔女的房地產。

不過也不難想像，這個世界的運轉需要情報。鈴蘭的「聽」能夠得到太多祕密，就算那不見得是百分百的真實，但僅僅一句話，或許就能帶來數千甚至數萬倍的利潤。

看起來有些呆萌的鈴蘭，沒想到這麼精打細算。說到這個……

「我倒是希望，希瑟在使用箱庭時也能自私一點。」

同樣的原理，阿樹相信希瑟也能靠著自己的能力賺進大把的財富。

銀髮魔女卻不置可否，吃完滷肉飯後，她喝了口紫菜湯潤潤喉——接著嘆了口氣。

「過去，我也會從某些富翁手上得到足以旅行的資金，僅僅如此。何況不管鈴蘭還是我，我們獲取財富都是為了實現自己的理想，這其中並沒有差別。」

她特意環顧周遭，看著店內那些普通的、有著各自故事的客人。

「而且——我是為了繪畫才成為魔女，靠這個賺錢就有點倒果為因了。」

很想說有錢才能使鬼推磨，不過阿樹還是露出愉快的笑容。

希瑟瞇起眼睛，「笑成這樣有點噁心耶。」

「不，我只是覺得——所以我才是妳的助手啊。」

開心的阿樹舉起筷子，想夾一片油豆腐。伸出的筷子卻停在了半空中，青年困惑地盯著桌上的不速之客。

不是蒼蠅或者可怕的蟑螂，小吃店只是舊，但很乾淨。

那是一隻小狐狸。尖耳朵尖嘴、有著蓬鬆的白尾巴尖，阿樹怎麼看都覺得是狐狸，絕對不是吉娃娃。

只有掌心大的小狐狸有著一身金黃的毛皮，讓人想起秋天豐收的稻田。小狐狸蹲踞在油豆腐旁邊，似乎在垂涎油豆腐的美味。

牠注意到阿樹的目光，眨眼間已經跳下桌子，尾巴灑出淡淡的金黃光粒。

阿樹連忙往桌下瞧去，但下方空無一物。是跑去哪裡還是憑空消失了？

「老闆——妳剛剛看到了嗎？」直起身的阿樹看向對面的魔女，愣愣地問道。

「是看到了。」

不過希瑟沒有什麼特別的反應，淡然地啜著那碗紫菜湯。

「我記得臺灣應該沒有野生狐狸才對，那是小吃店老闆養的嗎？還是誰野放的？或者是特意搭飛機來臺灣，想要克服吃臭豆腐恐懼的歪國狐狸？」

「阿樹，你全部都猜錯了喔——但最後那句是怎麼回事？你是在調侃我嗎……」魔女危險地瞇起眼睛，不過還是給出了提示，「那隻小狐狸——是異國留下的神使。」

不管阿樹怎麼追問，魔女只說他很快就會明白，沒有要繼續說明的意思。不過在這次偶遇後，阿樹發現狐狸似乎一直跟在他們身邊。

吃挫冰的時候，出現在桌邊盯著他。

享受完甜點、到田邊小路邊寫生時，牠也出現在觀察雇主作畫的阿樹腳邊，用圓滾滾的大眼睛盯著青年。

「想要我梳毛？」

反正也無事可幹，阿樹就抱起小狐狸，撫摸牠那柔順的毛皮。而這小動物似乎也頗通靈性，配合著動作蜷縮身子，看起來相當享受。

「阿樹？我差不多要畫完了喔，準備換地方囉。」

專注在畫作上的希瑟對著阿樹說道，順手將一支色鉛筆夾到耳後。

可惜小狐狸也比想像中更害羞，當魔女結束兩小時的寫生時，阿樹瞬間覺得懷中一空。只見本來抱著的小動物已經不見蹤影，阿樹突然有些悵然若失。

「養寵物的感覺原來是這樣啊。」

騎著電動腳踏車，他們繞到一個叫作綠色隧道的景點，是一條兩側種滿樟樹、在夏季中特別蔭涼的道路。

同樣地，阿樹在這裡又看到了小狐狸。

「阿樹，那隻小狐狸在你頭上……」

更正，是銀髮魔女看到了小狐狸，只有掌心大的小獸沒什麼重量，不知何時出現在騎腳踏車的青年頭頂，四肢緊緊抓住他的頭髮。

由於擔心甩落小狐狸，他們只好在綠色隧道旁的一間漂流木餐廳稍作休息。

顧名思義，漂流木餐廳用了很多漂流木搭建景觀藝術。他們挑選其中一處陽傘桌椅坐下，點了鬆餅當下午茶。

「聽服務生說，紅茶是選用臺茶十八號的紅玉紅茶，香氣是不錯呢。」銀髮魔女輕啜一口熱紅茶，優雅地說道。

漂流木組成的花園，搭配偏西式的陽傘桌椅與桌上的鬆餅和紅茶，在阿樹看來很有魔女茶會的感覺。

希瑟確實也吸引了不少路人的目光，甚至有人來問能不能拍照，對於漂亮的異國美女充滿憧憬。

雖然幾個星期下來，阿樹已經知道希瑟最愛的是路邊的珍珠奶茶，非常愛，她甚至畫了一堆珍珠奶茶的油畫！

似乎不算非常有鑑賞品味。

「是不錯，不過……」青年的頭，又重又悶熱。

粘在阿樹頭上的小狐狸似乎睡著了，這是希瑟轉告的，阿樹只覺得頭更痛了。

在漂流木休息一段時間後，阿樹頭上的小狐狸才又消失不見。之後他們在綠色隧道繞了一圈，又去田野間的溪流抓螃蟹。

阿樹跟著希瑟——還有那隻神出鬼沒的小狐狸，度過了還算開心的一天。

傍晚時分，為了將在夕陽下輕飛的白鷺鷥群納入畫框，他們重新回到水田邊，找了個乘涼的好位置坐下。

經過一整天的陪伴，小狐狸似乎直到此刻才注意到這位銀髮魔女，這次牠就坐在希瑟身邊，圓滾滾的雙瞳盯著魔女的寫生本。

今天希瑟沒帶油畫的顏料出門，而是用一盒色鉛筆描繪著面前的景色。

在阿樹看來，色鉛筆的筆觸也相當迷人，呈現出清淡卻又同樣具有生命力的田野景致。

看著小動物和少女相處的祥和畫面，心情不錯的阿樹開口問道：「有寵物原來這麼有趣，老闆想不想養？」

坐在摺疊椅上的希瑟專注地塗抹夕陽的餘暉。

「寵物嗎……」她喃喃自語，「以前獨自旅行時，由於居無定所——並沒有考慮養寵物呢。而且跟魔女相比，貓與狗的生命太過短暫了。」

阿樹沉默了，他倒是沒從這個角度想過。

希瑟繼續作畫，頗有靈性的小狐狸還是在旁默默陪著魔女，彷彿理解對方的苦衷。

希瑟的眼神似乎也變得柔和，她輕聲開口：「不過，看到牠倒是讓我想起過去的阿樹。與其說很粘人，不如說很關心我。當我有事外出、一段時間沒回來，你都會擔心我是不是出了什麼狀況。」

魔女瞥了他一眼，露出俏皮的微笑。

「現在也沒有改變。」

對於她那充滿溺愛的說法，阿樹只是搔了搔頭。

「畢竟妳太專注在繪畫上了，平常生活總是有點丟三落四。」

「哪有，至少比鈴蘭好了。」

「那個是下限值，妳有沒有發現色鉛筆少了一支？」

「怎麼可能沒注意到──咦，為什麼蘋果綠不見了？」

「就夾在耳朵上呢。」

大概是手上空間不夠又不想放回筆盒，希瑟無意識地將色鉛筆塞到耳朵上了。

魔女摸了摸耳朵，接著臉頰爆紅，「什麼時候……」

「吃完午餐畫第一幅畫時，妳就夾在耳朵上了。」

所以那支筆跟著希瑟去了綠色隧道、漂流木餐廳，接著在田野間漫遊。神奇的是就算到傍晚在溪邊戲水時，色鉛筆還是沒掉下來。

「你怎麼不早講！」害羞到極點的魔女喊道。

但助手只是吹了吹口哨，當作沒聽到。

一旁，守望著兩人的小狐狸看來看去，似乎也很開心。

從民宿老闆口中得知，週三的這晚在火車站附近有夜市。

因為魔女的行程總是隨性至極，他們也還沒決定晚餐要吃什麼，希瑟就決定在那裡解決晚餐。

他們在民宿房間稍做休息後，晚上騎電動腳踏車出門。這次沒帶上畫畫工具，阿樹的肩膀上倒是多了一隻小狐狸。

雖說是鄉下的夜市，跟阿樹去過的一中街或逢甲夜市相比規模比較小，但因為一週只辦一次的關係，其實聚集的人潮也不算少。

希瑟討厭人，但似乎不排斥熱鬧的地點，兩人一邊吃喝一邊玩樂，就這樣走完了半個夜市。

「話說回來，異國的神使是什麼意思？」

吃著剛炸好的鹹酥雞，阿樹試著插起一塊肉湊到狐狸嘴邊。肩上的狐狸湊上來嗅了嗅，卻沒有咬下去，這讓他有一些沮喪。

「不如拿來餵我。」

面對沒好氣的魔女，阿樹眨了眨眼，改將鹹酥雞拿到希瑟面前，只見銀髮魔女果然微微抬起頭，一口吃下去了。

到底誰才是寵物，他有些搞不清楚了。

「不管是樹、建築、或者這片大地，都可能擁有靈魂。」魔女邊嚼著鹹酥雞邊說，「我有在臺灣見過幾次，臺灣沒有狐狸——就算是妖怪也不是這種型態，這是從日本過來的。」

「日本……」腦裡的臺灣人知識，讓阿樹隱約知道了某個答案。

逛完小型夜市一圈並順便填飽肚子後，他們走回停電動腳踏車的小巷。阿樹回頭看著不遠處的夜市燈光，又瞥一眼肩上的神使。

「這麼說有點晚了，不過祂是不是特別粘我？還是，其實祂有什麼想做的事情……」

從中午被小狐狸纏到現在，阿樹有了這個猜測。

「嗯，這個嘛——」

對於這個問題，希瑟一時無法回答。

魔女在臺灣到處走過一段時間，其實看過異國的神使很多次。不過，確實沒有好好去理解過祂們。一方面是她更專注於跟人類互動，另一方面——

「有沒有想做什麼我就不清楚了。以前我很少接觸神使與妖怪，我們各自有自己的生活方式。不過，祂會粘阿樹的原因——」

魔女露出了寂寞的表情。

「從以前就是這樣了，畢竟你是土地孕育出來的，比人類和魔女更貼近自然的存在。」

土地孕育出來的……？

在希瑟感慨的同時，懷中的狐狸突然掙脫，跳到地面奔出了小巷。

阿樹和希瑟面面相覷。

「追上去吧？」提出意見的是助手。

「……嗯。」魔女雖有些猶豫，但最終還是同意了。

兩人趕快騎上電動腳踏車，追在速度不算慢的小狐狸後面。離開人口集中的火車站後，轉眼就來到安靜的田野間。

僅容一輛車通過的鄉間小路，兩側都是昏暗的農田，耳邊充斥青蛙的鳴叫，昆蟲盤旋在路燈之下。

夏夜中，散發黃光的小狐狸跑得很快，不管兩人如何加快車速，就是追不上。

但這種快並非是來自那玲瓏嬌小的四肢，它的身形似乎化為一道暖黃的光芒，指引著二人前進。

終點並非在連綿的水田間，騎了一段時間，他們最後來到了山腳邊的公路。狐狸化成的黃光並沒有等待兩人，而是穿過円字型的石門，沿著石階一路往上。

向上延伸的石階彷彿被原始的森林吞沒，兩側都沒有照明，看來荒廢了很多年。

雖然阿樹不害怕這種像是要試膽的場景，不過隨便走進山林肯定會自討苦吃，而且手邊也沒有任何照明。

轉頭一看，卻見銀髮魔女的手裡已經抓著一支大手電筒，打開燈光對青年露齒一笑。

「我的包包裡隨時準備著手電筒喔，不然摸黑看夜景不方便。不過我就借這個機會假裝很害怕，緊緊抱住助手吧。」

「不愧是要到處寫生的畫家呀……」後面想吃豆腐的心聲就不要說出來了。

在希瑟剛好有帶手電筒的前提下，他們便繼續摸黑爬山路。

經過一整天的奔波，阿樹其實有點疲倦。但魔女在一旁躍躍欲試，也只能硬著頭皮繼續走了。

手電筒由青年拿著，希瑟雖然沒有真的抱上來，但還是偷偷握住了他的手。

「嘻嘻，這樣也不賴。」

聽著魔女的撒嬌，阿樹有些心跳加速。不過他突然想到一件事，在山路入口看到的石門，隱隱約約讓他想到什麼，但一時就是記不起來。

「我們踏上石階前那個門，希瑟知道是什麼嗎？」

「那是鳥居喔。」

鳥居，對、就是鳥居。

不過另一個疑問也就跟著冒出——這裡是臺灣吧?為什麼會有日式建築的鳥居……

是有一個答案。

阿樹的思考和希瑟的微小幸福沒有持續多久，石階很快就到了盡頭。石階的末端銜接著一座寬廣的平臺，但眼前空無一物，只有石磚道兩側有幾座破舊的石燈籠。

阿樹記得這條道路是叫參拜道，在參拜道末端也是空蕩蕩一片，並沒有預期的某個——

「沒有神社本體呀……」

只殘存某些特徵，卻失去最重要本體的神社遺址，在夏夜的山上顯得特別孤寂。

「就我了解，臺灣曾是日本的殖民地，在日治時期的末年，日本在臺灣各地建了很多神社。」希瑟的神情淡然，「但二次世界大戰後政權更迭，象徵著殖民文化的神社最終幾乎落得拆除的命運，只殘留部分的遺址。」

希瑟來到空地邊緣，山腳河流沖積的平原與人類的聚落，從這裡就能盡收眼底。

祈求願望的神明住所，必須坐落在得以看顧蒼生之地。

此刻，身為神使的小狐狸就坐在山崖邊，看著那世間的燈燈火火。

百年來皆是如此。

「所以——答案也呼之欲出了呢，為什麼是狐狸。」

希瑟以溫柔的表情抱起了小狐狸，摸了摸它的頭。

「或許這裡的神社遺址曾祭拜稻荷神吧，稻荷神掌管豐收與財富。在日本傳說中，狐狸是稻荷神的使者，曾有過的那個時代裡，年復一年，此地的百姓寄望著稻田豐收、諸事順利。即便被後人拆除了神社，但祈願的本質是不會改變的。這些力量，就孕育出名為信仰的靈魂，以及虛無縹緲的諸神。」

魔女話鋒一轉，露出哀傷的表情。

「只不過，諸神真的有聽見嗎？我們的願望。」

最初，人類因畏懼大自然而崇拜並敬仰之，卻也不知道這樣一廂情願地祈求能不能帶來改變。

「希瑟的願望是吃飽睡好吧。」

「才不是咧！這麼廢的願望是鈴蘭的，但……」

放下了小狐狸，希瑟走回神社遺址，微瞇起眼睛觀察這些石燈籠。

「我只是覺得，在某種角度上——祂確實跟我很像。近百年來，就算居民已經將其遺忘、任之凋零，祂還是不停祈禱著，做著無用的事情。跟不停送畫的我一樣——都是在做沒有改變的努力。」

對著阿樹，銀髮魔女露出苦笑。

「對不起，很久沒跟阿樹聊這麼多了呢。」

「希瑟……」

阿樹想說些什麼，希瑟卻轉身走到神社曾佇立的廢墟中央。那緋紅的雙瞳不知何時已轉為魔女之瞳，正在搜尋隱藏在遺址下的那片冰山。

「在我看來連信仰本體都已不復存在的這個地方，是有點寂寞。」銀髮魔女露出一抹笑容，「不如……」

阿樹還沒搞懂希瑟要做什麼，只見她的雙手在胸口交疊，那永不停歇的心臟再次發出白光。

大量的顏色方塊順間噴薄而出，在空中圍成一圈舞動，就像祭典中圍繞著篝火跳舞的人們。

接著方塊爆散開來，重新建構了周遭的世界——或許也反應出小狐狸孤寂的內心。

夏夜中，過往的小神社回來了。

神社主體並不是很大，由檜木構成，狐狸雕像與周圍的石燈籠也重新復原，在箱庭中發著淡淡的溫暖光芒。

箱庭中的神社舉辦著夏日祭典，左右都是各式各樣的攤販，在阿樹眼中就像剛剛逛過的夜市，但——沒有顧攤的老闆。

人群也重新造訪神社了，來來回回的人身上或是便服或是浴衣，為孤寂的神社添增熱鬧。阿樹發現這些人的樣貌依然模糊，或許只是記憶中的一部分殘影。

「阿樹，我這身浴衣如何？」

順著目光看去，青年有些愣住了。

不知何時，希瑟穿上了一身純白浴衣，上頭有著紅金魚圖案，搭配那頭月光般傾瀉的銀亮長髮，有如夏夜中最美麗的一朵曇花。

再加上那奪目的笑靨，由於那姿態太過夢幻，阿樹第一時間喉嚨發緊，本來想表現的幽默感也發揮不出來。

「嗯——很漂亮。」給了一個普通但發自內心的木訥評價。

身體往阿樹靠的希瑟笑了出來，「其實這套我去京都旅行時也穿過呢。」

穿著木屐輕盈地轉了一圈，魔女開心得連步伐都像在跳舞，在一旁守候的阿樹也露出微笑。

他們在夏日祭典玩了一圈，雖然撈金魚和射氣球的攤位都沒有人顧，不過道具拿一拿也是能自己玩。

經過賣面具的攤位時，希瑟也拔了一張狐狸面具戴上，接著抱起腳邊的小狐狸，越過青年向前數步。

阿樹的魔女抬起頭，抬手指向了天際。

「差不多了呢，要開始了。」

「嗯？」

砰的巨響，打斷了阿樹。

本來寧靜的夏夜，瞬間燦爛無比。無數煙火在夜空綻放，火樹銀花占據天際，為漫長的夏季帶來最終的高潮。

那綻放的煙火並非來自此時此刻，而是從遙遠的以前就已熠熠生輝——名為祈願的光輝。

那或許是歷史交接前最後一刻的光亮。

那或許是不論在何時、在什麼現實環境下，人們都懷抱著的單純願望。

那或許也是在故土與此地都沒有改變的，信仰的本質。

彷彿重現故鄉的祭典，是為其舉辦的餞別禮。

在璀璨的花火下，希瑟輕輕放下小狐狸，在祂耳邊道出最後一次謝意。

「辛苦了。」

或許這句話，不該由異國的魔女來說，但他們有著同樣過於執著的意念。

也是時候卸除重擔、放下對這片土地的守望了，將這願望交給世世代代生活於此的人們。

狐狸發出淡淡的光芒，逐漸淡去。

煙火秀尚未結束，阿樹想著發生在小狐狸身上的一切，在五光十色之下倍感寂寥。

「祂——最終能回去哪裡……？」

此刻，希瑟只是柔聲說道：「不管是哪裡，只要對土地有感情——那裡就是故鄉。這也是祂沒有離去的原因吧。」

故鄉嗎……

阿樹思索著這句話，沒發現希瑟悄悄繞到他的面前。踮起了木屐的腳尖，她湊到青年眼前。

偷偷留在臉頰邊的柔軟觸感，中斷了他的思考。

在璀璨的夜景中，魔女的臉頰微微泛紅，比背景的花火更加清晰。

「我說過了吧，今天還欠你一個吻。」

凝視著青年的雙眸，魔女溫柔地微笑著。

夜半，與希瑟同睡的阿樹，終究因內心騷亂的思緒而爬下床。偷偷瞄一眼熟睡的銀髮少女後，他溜出了房間。

「唉……」

民宿確實是鈴蘭訂的，但只訂一間雙人房實在是不安好心，房內自然也只有一張床。

想起虛幻的祭典、最後魔女在他臉上留下的吻，阿樹的心情就更加躁動了。

他離開了民宿，走到田野間想散散心。

「故鄉嗎……」

思鄉的情緒，真是難以理解啊，青年抬頭看著星空。

「不說地球。在這廣闊的銀河中也會有其他生命吧，以我們不能理解的形式生存著……」

魔女，似乎也算是其中一種生命。

雖然她們有著人類的外型，本質上卻是從毛毛蟲褪變的蝴蝶，看世界的角度始終與人類有著區別。

即便阿樹想用理性的方式去界定，可一想起祭典中希瑟那可愛的臉蛋……

「真是……」

阿樹並不討厭希瑟對自己的好感，絕對不算討厭，而且他也擁有相同的心情。

只是——對於這突如其來的吻，在幸福之餘反而覺得有點突然，畢竟自己還是失憶的狀態。

而且，感覺魔女的行動中，若有似無地，總是帶著一些急迫。

阿樹困擾地搔了搔頭，本想看看田野景色調整心情，這一低頭，卻有些愣住了。

本來應該一片寂靜的稻田，此刻竟充滿了點點光輝。

跟煙火那種片刻的燦爛不同，那是在寒冷的夜晚裡，會讓心情溫暖起來的燈光。

對，是冬夜。

記憶的片段再次復甦，而這次呈現在阿樹面前的是——

同樣在那處小山丘上，眼中是同樣那片布滿雪的平原。

一低頭，發現穿著厚毛衣的魔女似乎依靠著自己，手中捧著一杯熱巧克力。

遠方，本該靜寂的平原被箱庭覆蓋，萬千燈火閃爍光芒。

在寧靜的平安夜，帶來無盡的光明。

A Summer
for the Witch

Chapter 4

[彼方的群青色]

告別狐狸神使回到都市，七月的第二個小週末隨即開始，希瑟拉著阿樹展開更加忙碌的行程。

週六晚上，他們響應某間百貨公司的邀約，待營業時間結束後，在百貨公司前的廣場地板塗鴉。

觀察魔女在夜空下蹲著噴漆的可愛模樣，讓阿樹訝異的是，原來她也會使用這種媒介做藝術創作。

「完成啦。」大功告成後，希瑟用手背擦去額頭的汗水，笑著說道。

在地板的石磚上是一幅驚人擬真的冰川景色，雖然是平面但善用了視覺錯視，踏入地畫就彷彿置身於真正的雪景中。

「這冰川真實的程度——很適合七月的酷暑呢。」

觀察著塗鴉的阿樹發自內心讚嘆，希瑟更開心了。

「雖然阿樹有跟我去看過幾次冰川，不過最重要的不是抓住真實的景色。而是表現出大自然恨死人類、想把人類凍死的意志。」

雖然很抽象，但也太可怕了吧。感覺是很魔女的想法。

兩人在外頭耐心等到噴漆乾燥，希瑟催促著阿樹踩上其中一處平臺——在冰川中央有一座聳立的高臺，狹小的高臺加上過於立體的畫作，讓阿樹都有產生懼高症的錯覺了。

希瑟蹦跳著隨後站「上」高臺，如青年所料地摟住他的手臂，露出誇張的害怕表情。

「阿樹～我好怕～」

「妳是想人工創造吊橋效應嗎？可惜這裡連吊橋都沒有。」

對於阿樹的揶揄，魔女眨了眨眼睛。

「對呢，人工吊橋效應。」想到好點子的希瑟將雙手移到胸口。

噴湧而出的方塊重新構築世界，雖然景色還是相同的百貨公司廣場——但面前的街頭卻變成了真正的冰川。

壯觀的冰川硬塞在狹小空間裡的奇秒景象讓阿樹的腦袋有些混亂，不過他還有閒情思考著能不能跳到外面的地板——這真的能跳出去嗎？

對此，魔女自信地說：「這是以前我去過的冰河，現在那裡好像叫

Nigardsbreen 來著。」

說著說著，阿樹卻發現——抱住他的希瑟漸漸加大了力道。看來少女沒有表面上那樣充滿餘裕。

「哎，不過這有點太高了……果然是我當幼鳥的話，可不敢從懸崖跳下去。」

是回憶中的那段對話呀，阿樹心想。

不過置身於自己創造的「人工吊橋」中，望著下方可怕景色的希瑟臉色鐵青、還真的發起抖來了。

「妳有懼高症就早講嘛。」

自己旅行，還是有辦不到的事情。

安撫了不知是因冷風還是懼高而瑟瑟發抖的魔女之後，她才乖乖解除了箱庭。

總算結束半夜的行程後，週日早上阿樹感覺都還沒睡飽，希瑟又跑來房間叫醒他——有新的委託。

他們受某位少年之邀去某間平價牛排館吃飯，不過說真的，比起那一片一百多元的牛排，現在的他更想睡飽一點，睡覺比皇帝大。

不同於昏昏欲睡的助手，看起來精神很好的希瑟和對面的少年談起委託，阿樹幾乎直接左耳進右耳出。

「請這餐就好了？妳真的能畫出來嗎？」

最近阿樹才比較了解粉絲專頁的人氣與運作方式。

因為是助手，有時阿樹會幫忙整理粉絲專頁的訊息。這一看真是不得了，常常都是數百則未讀，但聽說大部分希瑟都不會理會。

主要原因是她有「耳朵」幫忙篩選——鈴蘭會選出真正需要幫助的對象，就像這次的少年。

「嗯，並不能保證喔——所以，請你將那封信給我吧。」

依照著魔女的要求，少年拿出包包裡潔白的信封交給她，那似乎是他剛寫完的一封情書。

少年暗戀著某位少女，希望魔女給他的油畫能指引這份戀情的歸處。

順帶一提，裝模作樣的希瑟還戴著魔女帽。在室內就別戴帽子了啊，阿樹心想。

「又要再想內容寫一次了……」

對於滿臉不捨的少年，希瑟則是笑道。

「如果有這份心意，要寫幾百封都沒問題喔——像是我對自家助手的情感，就是幾萬封都不夠用。」

那直率的告白讓少年睜大眼睛，阿樹則想捏她的臉。

對於還在發愣的少年，希瑟則微笑著說：「每次完成一幅畫作，我也常以為這是我一生最重要的作品，但實際上，在這世界中還有很多挑戰，等著我耐心突破。」她輕柔地撫過少年的情書，「希望你對待暗戀對象的心情，就是如此。」

少年想了想，握緊拳頭，露出更加堅定的表情。

「我的心意很堅決，不會退縮的。」

望著少年稚嫩的臉，這時才顯得老成的魔女露出優雅的微笑。

「那就好。」

吃完午餐後，兩人與少年委託者告別，希瑟帶著阿樹回到畫室。

整頓飯都沒有認真聽的阿樹開口問道：「妳也會接這種的呀，妳是邱比特嗎？」

話說回來，這年頭寫紙本情書真少見，阿樹心想。

希瑟微微一笑，沒有回應。青年本來以為她會先拆信來讀，她卻沒有任何動作，反而開始準備畫畫了。

「我以為妳會用這封情書展開調查。」

「用這封情書尋找，只會找到他的內心。他的心意很明確沒錯，卻不是那女孩的。」

阿樹心想，這就像在星空中串聯星座，卻把天上的同步衛星誤認做星星。但這樣子不就沒有目標了？是不是會增加魔女之瞳搜尋的難度？

不過，他的老闆卻開始作畫了。

「其實，我早就看完更重要的箱庭了。」

「哎？這次沒帶我去看啊。」

魔女眨了眨眼，「這種小事就不用勞煩助手了喔，你有更重要的事情。」

「助手的價值就是打雜啊，妳這是瞧不起我喔。」

希瑟卻露出惡作劇的笑容。

「比起打雜，阿樹試著寫一封情書如何？」

「我覺得那封信會變辭職信喔～」

「呵呵，你要轉職成天鵝座書屋的員工嗎？」

「那還是算了，太沒前途。」剛剛他們從外頭回來時，發現老闆娘正趴在櫃臺上香甜熟睡。

嘴上在互相調侃，魔女卻有著不同的心思。

那麼難受的箱庭，我不會給阿樹看太多的。這些帶著悲傷的故事，只要我一個人承受就好了。

隔天，魔女帶著阿樹到約定的某處公園，將不大張的油畫交到一位長相可愛、臉色卻有些憔悴的少女手上。

原本以為會再遇到少年的阿樹愣住了，但他隨後意識到——原來女方也同樣找上了魔女嗎？

「他的心意就在畫中了喔。」

少女打開油畫的包裝，看著畫中描繪的景色——淚水突然一顆顆落下來。

那是兩隻鳥結伴飛行於藍天的景象，但抱著畫作的少女只是彎著身不停啜泣。希瑟溫柔撫摸她的頭，什麼都沒說。

等到少女離開後，從頭到尾都狀況外的阿樹開口問道：「我有些搞不懂。」

魔女看著公園中搖曳的樹影。

「少女最近被診斷出血癌。」她輕聲說，「她本來就暗戀昨天那位少年，所以我收走情書，只是想確認少年的心意。」

「……」

將雙手放到背後，希瑟轉過身面對阿樹，無奈地笑了。

「有內心傷痛的是她，而不是少年。」

兩隻青鳥一同飛行，那是多麼美好的意象。

可就像張先生一樣，他們真的會迎來幸福的結局嗎？阿樹不免去思考這個問題。

週二下午，希瑟又有了新工作。

這次她直接請阿樹將一幅油畫放在紙袋裡才出門，助手載著魔女騎到指定的地點——是舊街區內的一棟舊平房。

「這油畫，離開前再給喔。」希瑟叮嚀道。

阿樹注意到平房門口那位坐在藤椅上的老奶奶，魔女走向前對她打招呼。

「奶奶，我來陪妳囉。」

「哎呀？是希瑟？這頭銀髮我再怎麼老花都不會認錯——不過旁邊這位是？」

阿樹想了想，與其讓希瑟惡作劇地開一些玩笑……

他連忙笑著和婆婆搭招呼：「婆婆妳好，我是希瑟的老公喔。」

「哎！老公！」幸福的消息來得太快，魔女都來不及臉紅。

本來在外面昏昏欲睡的老奶奶一聽，眼睛可亮了。

「妳的老公好英俊呀！而且最後是嫁臺灣人啊？結婚宴客怎麼沒找我？妳老公做什麼的？蜜月有去哪玩？什麼時候要生小孩？要生幾個……」

阿樹笑瞇瞇看向鼓起臉頰的希瑟，靜待她好好解釋。八卦天性發作的老太太，之後一直纏著希瑟問東問西。

雖然阿樹也不知道希瑟常不常來，不過他們還是陪老奶奶聊天聊了好幾個鐘頭。

等到希瑟似乎也滿意後，她才對老奶奶表示要先回去了，因為還要幫一支棒球隊人數的孩子準備晚餐（不知道為什麼最後變成了這種壯觀的謊言）。

「奶奶，有禮物要給妳。」

「唉呀！這怎麼好意思……」

也不管老奶奶怎麼推辭，希瑟還是把油畫從紙袋抽出來，交到她手上。

「希望牠還能陪陪妳。」

一看到油畫的內容，老奶奶靜默了。

讓阿樹驚訝的是，上頭就是不久前和希瑟討論過耳朵形狀的白色吉娃娃，畫了一段時間，看得出魔女的心意。

「……妳啊，真是貼心呀。娶到妳的人很有福氣。」

但魔女只是眨了眨眼，以依戀的表情看著身旁的阿樹。

「不對喔，老婆婆。能嫁給阿樹，是我比較有福氣。」

說著這些肉麻的話，都不會感到害羞啊……

和老奶奶告別後，他們在附近的漢堡店用餐。

阿樹想著剛剛的那幅畫，「那隻吉娃娃，是那位奶奶養的？」

「曾經是。」

「奶奶的兒子和媳婦住在外頭，那棟房子只住了她和她的狗，不過最近狗死了……」希瑟咬了一口漢堡，「在現在的高齡化社會，這種獨居老人很多。」

我不是社工，不過在有限的時間內，稍微陪幾位聊聊天還是可以的。」

箱庭魔女對於人類確實充滿了溫柔。

「阿樹——你會不會覺得我很傻？」

對於希瑟的問題，阿樹老實回答：「是很傻，妳不用做到這種程度。」

看著有些失落的銀髮魔女，青年的嘴角微微勾起。

「……不過，妳是我的老闆，所以我一定挺到底。」

無論自己是誰、現在是什麼模樣，他都會支持希瑟的夢想——尋找那最美麗的色彩。

「阿樹……」游移的視線中帶著徬徨，魔女露出異常哀傷的表情。「我希望你——會永遠支持我的決定。」

那當然啊。話還沒說出口，感動的銀髮魔女先快樂地抱住了阿樹。

「那我們的目標就是——先來增產報國吧！」

「學這種成語幹嘛啦！！！」

即使想傳達滿滿的心意，有限的盒子內也無法塞下全部的禮物。

魔女七月排得過滿的行程就是如此，在阿樹看來，她在短短一個月中想做太多太多的事情。

閃閃發亮，就像他記憶中看到的那片燈海。

但也讓更加喜歡慵懶度日的阿樹有些擔憂，因為與活動量成反比，希瑟這半個月來似乎睡得很差。自從發現這件事後，這幾天阿樹都在半夜偷偷來到四樓。

銀髮少女總是一個人在畫室中，對著空白的畫布若有所思。

每次阿樹都會掙扎很久，但最後還是放棄上前打招呼。他覺得如果在半夜刻意陪伴著希瑟，反而是辜負她的努力與好意。

「只是——總覺得像被緊迫的時間追趕著。」

盯著少女正聚精會神畫畫的側影，助手為此喃喃著自語。

不管如何，已經迎來第三個週四的兩人，來到了一個阿樹想像不到的地點。

位於市區的某處場所，夾在都市叢林裡的一小塊木棧板街道，兩側種著小樹。各式各樣的人川流不息，沿街都是賣各式各樣小商品的攤位，甚至還有街頭表演。

阿樹剛剛因為無聊就去看看街頭表演，當他看到魔術師的鴿子從帽子裡突然冒出時，不免有些揶揄地想著，魔術好像不遜於希瑟的魔法呢。

此地叫做草悟道，簡而言之是都市叢林中的綠意休閒場所，假日會有一些表演和文創小市集，附近連接著連鎖知名書局和大公園。

希瑟當然不會魔法表演，或是偽裝成石膏像之類的行動藝術。她在這裡做的，也就自己最擅長的天賦。

「畫好了。」

希瑟露出自信的笑容，將自信作雙手交給坐在面前任由她自由發揮、將色彩揮灑在畫布上的客人。

同樣也是街頭表演的一種形式——收一點小錢幫路過的遊客畫人像。

身為助手的阿樹今天就幫忙處理雜務，或者將畫好的作品裝框之類的。大部分時間就只是看著希瑟跟上門的顧客互動。

希瑟在草悟道似乎相當受歡迎，從她擺攤後客人就絡繹不絕，還有人認出她是《魔女的畫廊》、那神祕粉絲專頁的銀髮魔女而躍躍欲試。

不光是雙馬尾少女的異國美貌，客人感到好奇的還有她的畫作本身。

這次的客人是一位小男孩，還是小學生的他看了看自己的人像畫，睜大眼睛望向這位不尋常的街頭畫家。

「姐姐好厲害，妳怎麼知道我喜歡這個？」

阿樹忍不住瞇起眼睛，而一旁的希瑟則是食指豎立在嘴前、一眨單邊眼睛開心地說：「天機不可洩漏～」

希瑟笑得很開懷，雙手合十搭配有些誇張的肢體動作。

「這位把拔的兒子很可愛喔，我不小心加了幾筆，希望你們能原諒我～」

她的表現逗得圍觀的人群相當開心，看來是男孩父親的斯文男子則抓著自己兒子的肩膀，也同樣露出笑容。

這大概不是幾筆而已，阿樹心想。

「姐姐，下次還可以再找妳畫畫嗎？我想要更帥的武器。」

「當然可以喔。」

等到這對父子走了，趁著下一位客人還沒上門，阿樹幫希瑟遞上氣泡飲料和手帕，同時在她耳邊悄悄話。

「妳怎麼知道他喜歡那部動畫？」

雖然可愛的外貌還是占了不小的人氣，但希瑟的人像畫也是一個重點特色。她從來不只是把看到的人物寫實呈現出來，就像剛剛的小男孩，希瑟在畫像上加了某熱門動畫的黑色隊服，那背後的帥氣文字加上小男孩握住武士刀的身影，看起來既可愛又帥氣。

擦著額頭汗水的希瑟眨了眨眼睛，微微側頭想了一下。

「現在的小孩不是都很瘋那部動畫嗎？隨便猜都會中，根本不用打開箱庭。」少女伸長手點了點青年的鼻尖，「還是——阿樹也想要帥氣的隊服？我可以買一件給你喔，你穿什麼肯定都很好看。」

「……呃。」太過理所當然地又在撩他，阿樹有些語塞。

觀察著助手的反應，魔女的嘴角微微勾起。

「不過關於這點，我好像也問過你呢。」緋紅的雙瞳閃過無數幾何圖形，「你覺得魔女的雙瞳——能看到什麼色彩呢？」

那是青年每一次看，都不由得為之深深著迷的魔幻之眼。

「我的雙瞳本來就能看到某些細節，只是這些線索太過零碎，最終還是要聚焦創造箱庭。不過拿來這裡擺攤娛樂人倒是很夠用了。」

阿樹也記得很清楚，就像生物有各種認知世界的方式，魔女理解的世界也與常人不同。

想起了鈴蘭，她的聽覺也是不正常的優秀，所以希瑟的視覺肯定不會歸類在人類的範疇。

「妳的眼睛哪天該不會能瞪死人吧？這樣生活果然很累。」

「怎麼可能啦！你把魔女想成什麼怪物了。」希瑟的雙手在胸口交叉，「嗯，我想我的狀況不會比鈴蘭更糟，畢竟看到的訊息就算再繁雜——『心』不見為淨就好。」

不是眼不見為淨，而是魔女之心不見為淨。

阿樹心想希瑟的中文真不錯，轉身望向在草悟道逛街的形形色色路人。不管是嘻笑的年輕學生、一家三口出遊的小家庭、或是一個人閒晃的老年人。這之中——又潛藏著多少心思與故事？

「那就繼續工作吧～」

「妳真是工作狂呀。」

希瑟微笑不語，伸手拿放在椅子上的調色盤，準備迎接下一張委託。但就在手指碰觸到調色盤的那一刻，她的指尖瞬間碎成各色的方塊。希瑟猛然抽回手，手指立刻回復了正常。但當她再一次試著接觸，又會產生同樣的情形。

看來要先休息一下了。

少女臉上閃過一絲難過，她小心翼翼觀察著阿樹，確認畫架前的助手沒有發現異狀後，又用調皮的笑容迎接她的助手。

「好了！今天畫夠了，我們去附近走走吧。」

「突然改變想法了？」

希瑟在阿樹面前微微彎腰，用正常的左手戳他的臉頰。

「嗯，不過你要先幫我收好東西喔。」

阿樹搔了搔頭，並沒有拒絕的意思。不過……魔女刻意提出這點感覺有點奇怪，畢竟這本來就是助手的本分。

這一天就在草悟道忙碌渡過了。

阿樹本來想說晚上能好好休息了，但還沒離開的鈴蘭突然拎了大包小包的塑膠袋來敲他的房門，於是三人便聚集在頂樓談天。

這段時間下來，阿樹發現除了烤肉派對以外，希瑟和鈴蘭本來就常常在頂樓聊天，難怪這裡早就備好有遮陽傘的座椅。

圓桌上放著大包小袋，裡面全是鹹酥雞或者蚵仔煎之類的小吃，來自附近的宵夜街。

「偶爾也要休息一下，姐姐一直在畫畫的話，不就沒時間跟阿樹哥約會了？」

鈴蘭一邊將鹹酥雞放入口中，也不忘提醒自己沒有血緣的魔女姐姐。

銀髮少女將飲料杯放在桌上，有些辯解地說：「我都有好好睡覺，再怎麼樣也不能比妹妹妳懶呀。」

「哎，為什麼姐姐總是覺得我很懶，我可是有好好在經營天鵝座書屋呀。阿樹哥也這麼想嗎？」

青年和依舊穿著睡衣、慵懶的黑髮魔女面面相覷許久。最後，阿樹露出笑容。就怕空氣突然安靜。

「笑個頭呀！你同樣認為我很懶嗎！」

不管事安樂椅魔女還是白日夢魔女，這種稱號根本都是懶惰的代言者啊，阿樹不免這麼想著。

至於希瑟……她還是在裝傻啊。

先不說可能已經聽到這陣子狀況的鈴蘭，任誰來到書屋四樓的畫室，只要看到那堆未完成的畫作，就會明白希瑟的狀況並不好。

如果把那些繁複又比較無聊的上色交給他就好了，就像漫畫家分工給助手那樣。但魔女凡事親力親為，能讓他出力的地方實在不多。

這時，阿樹才注意到一些奇怪的地方。

早上、或者說一直以來，希瑟都是相當活潑的女孩子。

但今天晚上的她有些反常，垂頭坐在一旁喝著珍奶，雖然會回話——但鈴蘭帶來的消夜其實一點都沒吃。

那猶如鑲嵌著紅寶石的璀璨雙瞳也不如早上明亮，在阿樹看來似乎還有些迷濛。

到底是……怎麼了呢？

消夜聚會結束，兩人送走鈴蘭後，阿樹跟希瑟道聲晚安，便回房休息睡覺——本來是這樣，不過午夜一到，青年便自動爬下了床，躡手躡腳來到四樓的畫室。

銀髮魔女，這天仍舊在熬夜畫畫。

阿樹覺得她的身體可能是鐵打的，正常狀況下，像這樣連續熬夜白天還能做事情嗎？難道這是魔女的特殊體質？

不過，似乎也到極限了。

除了助手的本分，還有一點也促使阿樹想要出聲，那就是希瑟今晚的創作內容。

「妳在畫耶誕市集？」

希瑟在畫布上描繪的，與阿樹在回憶中看到的發光平原相當類似。

厚厚的陰雲沒有散去，兩側的尖房子和石磚道路都積了層雪，路燈也發散出暖黃的光暈。

如此寒冷的夜晚，卻因為人類的努力而變得光明無比。街道兩側的路樹與房子點綴著各種燈飾，臨時的棚子裡也販售著琳瑯滿目的商品，亮晶晶的耶誕飾品、保暖的毛皮大衣、好吃的蛋糕與暖胃的薑茶等等，來往的人群十分熱鬧的樣子。

五顏六色的燈光，是故鄉的色彩。

回憶中，希瑟靠著他，望著遠方平原上的燈海。

「阿樹——這是我剛剛逛過的耶誕市集呢，就在離你不遠的小城裡。今晚我買了很多裝飾回來，想把這裡好好打扮一下。」

魔女啜飲一口熱巧克力暖胃，開心地說：「不知道把這裡弄得亮一點之後，耶誕老公公會不會來呢？」

不同於沉浸於回憶的青年，坐在板凳上畫畫的少女身體一震，無奈地轉向門口的助手。

「是阿樹呀，嚇我一跳。」希瑟回頭面對畫布，雙瞳彷彿映照出冬夜的燈光，「是呢，我在畫耶誕市集。」

少女的臉龐因連日的過度忙碌，看起來相當疲倦，但嘴角還是不自覺地勾起。

「越是感受到臺灣夏天的熱，越會懷念那裡的寒冷。明明已是魔女的軀體──卻還擁有著不必要的人類情感。」

阿樹默默聽著希瑟的感慨，緩緩邁開步伐。

「怎麼了？」

沒有理會裝傻的希瑟，高挑的青年逕自走到她的面前，彎腰伸出一隻手，手背輕輕貼上少女的額頭。

皮膚一相觸，阿樹就明白了，這也跟他的猜測沒有差多遠。

「妳發燒了。」

早上還好好的雙馬尾少女，晚上卻突然發起了燒。

不同於擔憂的阿樹，希瑟只是微笑道：「沒關係啦，只是晚上冷到了而已，休息一下就好了。」

但既然是希瑟的助手，是她忠實的助手，阿樹覺得他還是得些說什麼。

「妳根本沒有好好休息。」

「……」

阿樹並不想生氣，可是口氣還是有些嚴肅，「一直熬夜身體會變差的，時間還很多，不用這麼趕。」

「時間很多嗎……」希瑟喃喃自語著，搖了搖頭。

眼神仍有些渙散——在阿樹看來，現在的她就只是憑意志硬撐著。少女搖晃著站起身，踮起腳尖撫摸青年的臉頰。

而無論阿樹怎麼想，銀髮魔女只是輕柔地笑著。在她心中，有太多事情比睡眠重要了。

所以她拿起畫筆，再次轉身面對那永無止境的藝術創作。看似擁有一切，卻彷彿隨時會一無所有。

「機會不等人喔，阿樹。在後悔之前——努力創造美好的色彩不是更重要嗎？」

那沉在魔女心底靜靜燃燒的情感，此刻的青年依然無法理解。

而阿樹的想法很單純，除了希望發燒的希瑟好好養病，還希望等她的病況好轉後，能陪心情越發焦慮的他去一個地方。無論如何，他都想知道。

「休息才能走更長遠的路啊。」

注視著魔女的緋紅雙瞳，青年壓下了內心累積的迷茫與壓力，以冷靜的語氣說道：「等到妳感冒好了，能不能帶我回故鄉一次看看？」

說出口了。

阿樹想回去。他想回到那片自己生長的大地，就像那隻被留下的小狐狸，他不希望那只是過於短暫的煙火。

只要到了那裡，肯定就能找回記憶。也不需要魔女幫他建構回憶，「故鄉」並非遙不可及的地方。

「故鄉……」希瑟的表情卻異常黯淡。

剎那間，世界崩潰了。

並不是世界末日什麼的，然而對阿樹來說，卻是足以與末日匹敵的崩壞。

本來還站在她面前的魔女——碎成了無數方塊。

唯有一個器官保留了姿態。

在阿樹破碎的記憶中，曾看過做工精美的機械錶。

裸露內部構造的錶面鑲嵌著無數轉動的大小機械齒輪，彼此間緊密接合連動，為使用者顯示精準的時間，動力源頭僅來自小小的發條。

那是人類工業發展中的工藝極致展現，也體現出人類企圖掌握時間、從初始形態的文明走向現代社會。

而眼前魔女裸露的心臟，雖有著生物的血肉——但血紅之外，全是金屬質感的冷銀。僅憑這一顆心臟，便架構出魔女的肉體與她和星球連結的異能。

就像他記憶中的機械錶，但魔女之心上布滿的齒輪與儀表卻遠比那更精緻，那是遠超這星球能達到的工藝水平。

喀嚓喀嚓作響的齒輪聲，有時甚至比躍動的心跳聲要明顯。那就是魔女的心臟，非人者的證明。

不過，那畫面只持續了數秒，崩解的無數方塊再次重組出銀髮少女的樣貌。顫抖的魔女看著掉落在地的畫筆，以哀傷的表情看向阿樹。

「對不起……」

不等他詢問，希瑟衝出了畫室，追到到房間前的阿樹卻無能為力——門上鎖了。

「阿樹，我只是需要休息一下……沒事的，你不用管我。」只說了這句，房門內就徹底安靜下來。

雖然老闆都這樣說了，但助手實在放心不下。就這樣在外頭等到天亮，阿樹仍舊沒有等到希瑟一如往常的早安聲。

「我有房間的鑰匙——阿樹哥進去看看姐姐吧。」

鈴蘭似乎聽到了什麼，但也直到此刻才現身。

「謝謝，如果妳早點來就好了。」滿心擔憂的阿樹，語氣有點不客氣。

鈴蘭還是將鑰匙交給坐在門口的阿樹，露出溫柔的笑容。

「你們的心情都需要沉澱一下，我太早出現反而不是好事。就不打擾你們了，我去看店囉。」

阿樹禮貌性地敲響了希瑟房間的木門，銀髮魔女仍然沒有回應。

嚴格來說，這不是阿樹第一次進來，之前有和希瑟在這裡討論過工作。

雖然希瑟將油畫當作一生志業，但或許是考慮到顏料揮發的化學藥劑，不大的房間內其實沒有掛幾幅畫，有裱框懸掛的畫也都是鉛筆素描。

取代畫作的是阿樹房間沒有的大書櫃，占據半面牆的書櫃裡插滿了各式各樣的美術相關書籍，阿樹第一次進來時可是看到眼花撩亂。

扣掉大書櫃、大工作桌和亂擺的畫架後，剩下的就是少女日常生活的痕跡。

但正因為那幾項占據了太大的視覺空間，顯得希瑟躺著的那張單人床寒酸很多，甚至只剛剛好能讓嬌小的她躺平。

從動物圖案的薄被裡探出頭，額頭不停冒汗、神情虛弱的希瑟露出無奈的笑容。

「怎麼不經我允許就直接進來了？」

雖然抱怨著，希瑟的語氣在阿樹聽來，倒是沒有徹底拒絕他的意思。

「算了，我要繼續睡覺了……」

和平常頤指氣使的活潑少女相比，此刻的希瑟顯得楚楚可憐，阿樹心裡一緊。幸好，並沒有發生昨晚最後的那種狀況。

阿樹伸手碰了碰她的額頭，這一接觸又讓他嚇了一跳。熱度竟然更燙了，簡直可以煎荷包蛋了，雖然這是有些誇飾的說法。

「好燙……」

「我已經吃了退燒藥，但藥效好像還沒發作。」

言下之意，希瑟最需要的就是好好休息。

阿樹倒了幾杯熱水給她，不過一直躺在床上沒有吃些東西也不行。

他看一眼手錶，發現時間也近中午了，「妳想吃什麼嗎？我去幫妳買。」

「嗯——」臉頰通紅的希瑟苦惱地皺起眉，「我想吃披薩。」

「駁回。」

「那，吳柏毅的牛肉麵。」

「病人禁止吃重口味，我說妳啊……就是這樣亂吃加上沒注意環境變化才會生病！每次出門前都跟妳講過了，雖然是夏天但回家時滿身大汗還是要披件薄外套保暖。上週去高美溼地玩水也沒有把溼掉的短褲換掉，衣服溼了就要換乾爽的備用衣物，晚上記得要把被子蓋好……」

迎面遭受阿樹媽媽的苦口婆心攻擊，希瑟雙手掩耳，表情更加痛苦了。

「好啦好啦，阿樹是我的老媽嗎？你不是我的助手嗎……」因為發燒而畏寒，瑟瑟發抖的少女抓緊了薄被，「那我要吃阿樹——」

「……」阿樹瞪大眼睛，耳根子都有些發燙了。

畢竟他還是身心健全的男性，現在也意識到這正是孤男寡女共處一室的尷尬狀況。

「——阿樹做的地瓜粥，你會煮嗎？」

「話請不要說一半。」阿樹的心臟加速跳個不停。

側躺的希瑟露出疲倦卻相當可愛的笑容。就算躺在床上變成病人了，挑逗他的功力還是一流的。

既然是老闆的要求，做為助手當然要努力辦到。

他們常常外食，阿樹還是第一次踏進位在一樓深處的廚房——是說為什麼書屋後面還偷偷藏了一間廚房啊！而且還是在暗門後面，阿樹納悶詢問了店主。

「本來想著天鵝座書屋可以附帶賣一些咖啡下午茶，在臺灣不是很常見嗎？不過把烤箱搞壞之後，我就放棄了。」

「……」

慵懶又進入不了社會的魔女今日依舊正常發揮。

「算了，不用對鈴蘭抱有期待了……」對於鈴蘭的無用，已經來兩星期的青年還算有點了解。

阿樹先外出買回必要的食材，回到廚房後難得露出了有些自信的笑容。

雖然失憶了，但幸運的是做料理這種無用的知識卻有留下來，至少一碗地瓜粥還難不倒他。

「等著吧，希瑟。」

阿樹握緊雙拳，他要做出讓挑食的希瑟都能夠喜歡的完美地瓜粥。

可惜青年對料理滿滿的雄心壯志，在一個鐘頭後便被徹底擊碎。

「粥太鹹了……而且地瓜也不夠軟爛……」

好嚴格……

搬了張有椅背的木椅坐在床邊，垂下頭的阿樹正在接受少女的無情批評。

「果然不能指望阿樹會做菜呢。不過你不能當家庭主夫也沒關係，我還是能養你。」說著讓阿樹害羞的話，吐了口氣的希瑟接著甜甜地要求，「地瓜粥，勉勉強強及格吧……不過加上你餵我，就有九十九分喔。」

這個分數總感覺似曾相似。無奈的阿樹繼續舀起一匙粥，用手搧了搧才遞到希瑟嘴邊，不用嘴巴吹是覺得這太超過了。

觀察著希瑟乖巧地吞下食物，阿樹想起之前在電視上好像看過，在一個叫清境農場的地方上演的綿羊餵食秀。

果然餵食真的會上癮。

「你很想知道我評九十九分的原因吧，才不告訴你……」

似乎說話的額度也逐漸用完了，本來還有點聒噪的希瑟在吃了一半的地瓜粥後，乖乖闔上眼睛開始休息。

阿樹細心地幫她拉好薄被，接著從大書櫃上隨便抽出一素描本，看著上面的圖畫打發時間。

他此刻在做的，是助手最重要的工作。不是幫忙遞工具或背東西，也不是當鬧鐘提醒時間。

只是最純粹的陪伴。

其他都不用想太多。事實上，阿樹自樹下醒來後，就是努力抱持著這種樂觀的心態生活。

與平常在旁邊看著希瑟畫畫不同，這是另一種不太一樣的體驗。

兩者都同樣安靜，同樣能讓自己心情平靜。

唯一的差別——是在注視著發出微弱呼吸聲熟睡的希瑟時，所了解到的某個事實。

就算是能創造狹小世界的魔女，此刻也只是讓人擔心的普通女孩。

惹人憐愛、令人眷戀。

「……」

阿樹無法理解，自己內心那怦然心動的感覺。

將希瑟從魔女的高臺放下來，在他面前的就是充滿自信、熱情追夢的青春少女。

「……無法去討厭呢。」

不如說，非常喜歡。

僅僅是幾個星期的跟隨，就能感受到她對生命與繪畫的熱情，這是迷茫的阿樹最需要的、一個指引他前進的燈塔。

讓人移不開視線，卻又太過耀眼。

但要他承認對希瑟的感情——那耶誕市集的記憶又是……？

青年壓下內心的迷茫，繼續專心看起素描本。

就這樣，對阿樹來說有些苦惱的一小時過了。當窗外的天空開始轉暗時，本來睡著的希瑟突然有了動靜。

「阿樹——我睡不著。」傳來了微弱的抱怨聲，「應該退燒了，但鼻子塞住了，睡不著。」

阿樹放下素描本，看到不知何時跳下床在翻箱倒軌的希瑟，身上還穿著昨晚的粉紅睡衣褲。對老媽子性格的他來說，差點嚇得連心臟都停了。

「東西我可以幫妳找，妳先躺回床……」

「不行~這個給你。」

希瑟扔了幾條顏料和畫筆到阿樹手上，再加上調色盤和調和油。

青年滿頭問號，「妳是要幹嘛……」

「嗯，因為我睡不著嘛。旁邊有擺好的畫布吧，可以畫天空給我看嗎？」

躺回床上的希瑟睜著溼漉漉的大眼看著阿樹。

身為助手，也只能上了吧。阿樹有些無奈，他看了看希瑟丟過來的顏料，果然都是些淡藍色或淡白色，看來是很適合天空的色彩。

叫不出名字，所以阿樹隨便挑了一個喜歡的藍色，再依據自己觀察希瑟繪畫的印象，沾上一些調和油稀釋。

由於比例拿捏不當，阿樹在調色盤上弄了很大一坨。想著也不要浪費，他大筆一揮，在畫布上盡情揮灑深藍的色彩。

但希瑟深深皺起眉頭，「很貴的喔？這樣擠很浪費的——助手欠我更多錢了……」

明明聲音還有氣無力，希瑟的表情看來倒是很開心。感覺每次捉弄阿樹都能驅散病魔，甚至能趨散內心深處的陰暗。

此時此刻獲得的，已經是不曾想過的、過於幸福的互動。

「這個……很貴喔？」阿樹睜大眼睛。這深藍看起來是很有質感，可惜他也叫不出名字。

「那漂亮的藍——叫做群青色。」

群青色，阿樹牢牢記在心裡。

床上的希瑟微微勾起嘴角，耐心地解釋：「群青藍在以前是非常寶貴的色彩，因為原料是來自阿富汗的青金石。簡單來說歐洲的群青色來自遙遠國度的寶石，所以在中古歐洲，群青色更常運用在教會的象徵上，例如聖母身上的聖母袍。」

聖母袍……

阿樹想像著那樣的畫面，不知為何卻想像成希瑟披了一件群青藍長袍的模樣。

感覺，也挺適合她的。

但一想到他粗暴地擠了一堆顏料，這下可真的是大浪費了。「糟糕……」這可賠不起了。在阿樹認知裡，希瑟的個人存款恐怕比鈴蘭少很多。畢竟魔女的油畫只求治療人的心靈，卻不求什麼現實的回報。

然而，觀察著一臉內疚絕望的阿樹，希瑟卻笑得更開心了。

「阿樹很呆耶，想也知道我有那種顏料怎麼會給你玩。為了避免像我這樣的窮困畫家餓死，現代早就開發出化學合成的顏料，這只是化學群青藍。」

言下之意，現在常見的群青色並不昂貴。

「……」

無奈的阿樹把調色盤和畫筆默默放在一旁，不想再陪希瑟鬧了。

滿意的少女則再次拉好薄被，感覺身心舒爽很多、可以好好睡一覺了。

看著鬧脾氣不想理她的阿樹，希瑟的眼神溫柔。就算一切今非昔比，卻也有始終沒有改變的部分。

那是她等待了許久許久的奇蹟。

不，並不是奇蹟，那是自己努力得來的結果——雖然並非沒有代價。

不應該有的、過於感動的情緒充斥少女的胸膛。或許，能悄悄說些真心話吧。

「阿樹，你知道嗎？」

盯著再次拿起書打發時間的青年，少女的雙頰變得更加滾燙。全身暖洋洋熱呼呼的，好像泡在熱湯裡。

那是很久不曾燃燒起來的，最純粹的感情。沉寂了數百年，在冰山中努力迸發的火花。

少女張開小嘴，卻什麼也說不出口。那些情感，也不需要語言去表述。

最後，她只是祈禱般地輕聲呢喃：「對我來說——你就是我的群青色。」

所以，他被冠以了那最珍貴的顏色之名。

「**來自彼方的群青色。**」

即便來自彼方的他，或許代表色並非群青。而在這片群青天空連結的彼方——

故鄉，也早已不在了。

正是因為故鄉已不在，她才會如此決定。

A Summer
for the Witch

Chapter 5

[倒映星辰的湖面]

希瑟的發燒，斷斷續續持續了很多天。

雖然不再有那種嚴重的大燒，但從她虛弱的樣子來看，也不太適合外出。在阿樹和鈴蘭的聯手阻擋下，雖然希瑟很想出去玩，也是被兩人堵在了門口。

而且，有一些事情更讓阿樹在意——那些在希瑟身上出現的異狀。

碎裂成無數方塊的身體、裸露的機械心臟，又在眨眼間恢復如初，彷彿一切不過是錯覺。希瑟似乎極力壓抑，自那晚之後，他就沒有再看過……

阿樹很想找個機會好好詢問希瑟本人，但每次一見到銀髮魔女那虛弱、卻仍帶著幾絲逞強的笑容，他就怎麼樣都問不出口。

陪伴著希瑟養病，不過轉眼，時間已來到七月二十四號，距離七月結束只剩一週。

畢竟待在家裡已經一星期左右，本來就很好動的銀髮魔女終於待不住了。

二十四號這天早上，阿樹正在幫忙鈴蘭清點書籍，已換上平常那件高腰肩帶洋裝的希瑟突然出現在一樓的書店。

看來精神很不錯的銀髮少女雙手插腰，對著自己的助手高聲喊道：「阿樹！我們去畫畫吧，地點我都決定好了！雖然每天被阿樹餵食很開心，不過只躺在床上休息果然不是我的風格呀。關在房間畫畫，久了也會缺乏想像力，你查再多資料給我也沒用～」

阿樹還在想著希瑟是不是到極限了，畢竟以自己對老闆的了解就是如此，而且這幾天也沒少聽她的埋怨。

魔女的生命明明還很長——雖然阿樹沒聽希瑟認真談過，但從對話中隱約能感受到她已經活了百年以上的事實。

阿樹是以此為前提去考量，勸她留得青山在不怕沒柴燒。而且這恐怕不是一根柴，而是燒不完的樹林，所以他本想再請魔女考慮一下……

「阿樹哥，就陪姐姐出去玩吧。」

沒想到身後也在整理書本的鈴蘭推了他一把，青年眨了眨眼，困惑地看向她。

「姐姐的身體看起來好很多了，帶她出去走走吧。」

「是這樣沒錯……」看著希瑟的臉色，阿樹不得不承認。

就算還有輕微的發熱，也不是會妨礙活動的狀況，就是要注意室內戶外的溫差變化，阿樹也只能這麼想。

見青年抵抗的想法漸漸減少，鈴蘭就把他推到希瑟面前，探出頭笑咪咪地揮手。

「阿樹哥還給你了喔，姐姐。」

兩位魔女互看一眼，希瑟便拉著阿樹往樓上走。

「走吧，快點收拾一下東西就出發。」

「這麼急是要去哪裡？看來妳真的憋壞囉。」

「嗯，當然是很遠的地方，還要搭火車北上。我突然想畫一個東西……」

望著如往常互相拌嘴的兩人逐漸遠去，鈴蘭露出微笑，繼續彎腰整理書架。

「一個人處理這堆書可真累……」將一堆書抱到手推車上，氣喘吁吁的鈴蘭嘆了口氣。

家裡蹲，體力實在不行。

自從開獨立書店後，生活就跟她這懶惰魔女的生涯目標背道而馳，或許該雇一位店員來幫忙了。

畢竟，不能總仰賴著阿樹哥或是希瑟姐姐。望著早已無人的店內，安樂椅魔女垂下眼眸若有所思。

什麼都不用想，一直睡下去也是鈴蘭的夢想。如果想太多，才會意識到自己的空無、自己的無力。

「正因為是魔女，本該把利己主義貫徹至極限……這會是妳想要的結局嗎，姐姐？」鈴蘭低頭喃喃自語著，「或者說，那會是阿樹哥期望的未來嗎？」

即便有能聽到萬物的耳朵，但她不像箱庭魔女，從未看過冰山下的人心，所以無法得知答案。

各自懷著不同的心思，魔女與助手踏上旅途，這次的目的地是臺北。

阿樹原本想說去烏日搭趟高鐵比較省時間（雖然他們是有點缺錢），但遭到老闆否決。

「我喜歡搭火車——看看沿路的田野也好、或者偶爾閃逝的一角海景也好，花費一定的交通時間，才有旅行的感覺。」

總之，阿樹覺得希瑟開心就好，雖然上次搭火車去屏東時，魔女很快就睡著了，好像也沒在享受沿路風景什麼的。

一路上阿樹閉著眼假寐，想著這一個月來的很多事情。等聽到抵達臺北站的廣播而睜開眼時，他才注意到魔女似乎一直凝望著窗外的景色，看起來心事重重。

「臺北到囉。」

「啊，是呢……」有些疲倦的希瑟跟在阿樹後面離開車廂。

看著讓人頭昏腦脹的來往人潮，他向身後的魔女詢問：「我只知道妳想來臺北，所以目的地是？」

「先去動物園。」

臺北市立動物園啊。阿樹搔了搔頭，笑著說：「去動物園的話，希瑟也想成為動物明星，跟國王企鵝和貓熊搶飯碗哪？」

對於助手的揶揄，銀髮魔女有些生氣。

「我是什麼稀有動物喔？不過我這樣子很顯眼嗎……」

銀髮紅眼絕對是很顯眼的，在臺北火車站這擁擠的地方更加鶴立雞群，不過阿樹看看周遭的路人，其實習慣後，投來的關注目光也會減少。某方面也顯現出都市人步調快速造成的漠不關心。

阿樹拍了拍魔女的肩膀，寬慰道：「放心，臺灣到處都有怪人，妳和鈴蘭不會是唯二的。」

「這說法很讓人不是滋味呢……」

在臺北火車站吃過午飯後，他們開始尋找前往動物園的方法。

兩人循著指標尋找捷運路線，從紅線轉搭文湖線後，木柵動物園就在最後一站。

假日的捷運車廂擠了滿滿的人，沒找到位置的他們自然就開始閒聊，打發枯燥的交通時間。

「我很少來臺北。抵達臺灣後直接就被鈴蘭從桃園帶來臺中，之後就在臺中生活了很多年。」臉色好了一點的希瑟頗有興致地看著窗外，「雖然有事時偶爾也會北上，而且美術展覽什麼的還是臺北比較多，故宮也非常有趣。」

畢竟是魔女皮畫家骨，希瑟會關注藝術主題的展覽也是理所當然。阿樹靜靜聽著銀髮魔女開心的聲音，不免有些感嘆。

「對妳來說，在臺灣生活比較自在嗎？」

少女沉默許久，看著捷運沒入地底。

「……或許是呢。」

最終，得到似乎曾聽過的回應。

「與其說是自在——不如說，還是逃避的成分比較多。雖然臺灣也有很多缺點，但這裡還是很不錯的久居地點，而且也不用再面臨過於寒冷的冬季。以前真的太冷，我都受不了了。」希瑟單手放在胸前，聲音中充滿懷念。

突然間，藍綠紅三色小方塊填向了兩側的窗戶。阿樹睜大眼睛，本來在地下的捷運頓時變得明亮，外頭變成了遼闊的景色。

天空與絲狀雲，以及高空底下的渺小地表，其上的一列列建築物就像積木。

覆蓋於現實之上的箱庭，重現了從飛機窗戶看出的風景。

周圍的乘客如果能看到這種景色，或許陰暗的心情也會轉好吧，阿樹心想。

「我希望你能喜歡上這裡，如果最後不接受也沒關係——這個世界已為你敞開。」轉身看向助手，魔女勾起嘴角，「所以，我不會再回故鄉了。不過——最近倒是讓我想了很多。」

夢幻的高空景色重新化為方塊，回到希瑟體內。

「故鄉的自然壯麗卻嚴酷，我有點想念以前常在大陸北端看見的白熊，好像現在叫做北極熊了？想去臺北市立動物園找流落異地的夥伴看看。」

「所以妳是想去寫生北極熊？」

「嗯。」

原來如此，這就是所謂睹物思情吧……嗯？好像哪裡怪怪的？

好不容易到達市立動物園門口，有些於心不忍的阿樹才將真相告訴給她——

「為什麼～為什麼這裡沒有北極熊！」

不愧對那沒有長進的少女樣貌，銀髮魔女像小孩子一樣蹲在地上大聲抗議，引來了路人的注目。

阿樹一邊摸希瑟的頭安撫她，一邊好奇地問：「好了好了，誰告訴妳臺北市立動物園有北極熊的？」

「鈴蘭呀，她還說她有親眼看過耶。」

「嗯……」

鈴蘭並沒有說錯。這座動物園確實曾經有北極熊，但阿樹腦中這些奇怪的常識告訴自己，過去養育北極熊的慘況不適合告訴希瑟。

據說兩頭北極熊都感染皮膚病，最後慘死異鄉。阿樹擔心希瑟知道同樣來自北國的嬌客遭遇那種悲慘的結局後，肯定會氣得拆掉整座動物園。

抱住了差點躺到地上打滾的希瑟，阿樹微笑哄道：「好啦，不要鬧彆扭了。雖然看不到北極熊，至少也有國王企鵝啊。」

見到希瑟還是鼓著臉頰不太滿意，阿樹只有繼續加碼。

「除了國王企鵝，還有貓熊和無尾熊、老虎和獅子，夠妳畫一整天了。」

努力安撫了一陣子，沮喪的情緒才從魔女臉上散去。

幸好希瑟在某些時候確實像個小孩子，本來還在意著看不到北極熊這件事，不過實際帶著她到企鵝館看到國王企鵝時——

「好可愛～」雙手握拳的她，比身旁的幼童遊客還要興奮。

希瑟找了個位置坐好，拿出寫生本與鉛筆準備畫畫。看著國王企鵝在陸地一蹬一蹬努力前進的模樣，忍不住發出銀鈴般的笑聲。

「這在陸地上有點笨重、什麼都做不好的模樣好像妹妹喔。」

「妳也太過分了……」

雖說如此，阿樹也忍不住勾起嘴角，口袋裡的手機卻突然震動起來。

這臺智慧型手機是希瑟買給他的，還不太習慣操作方式的阿樹慢慢點開螢幕，看到社群軟體傳來一則訊息。

你們，都在外面說我壞話吼 :(

小心隔牆有耳啊。阿樹無奈地笑著回傳訊息。

我們是說妳像企鵝那麼可愛 :D

將手機放回口袋，助手繼續守望已沉浸在素描中的希瑟。

魔女素描的速度很快，畫到滿意後，他們繼續去動物園的其他地點寫生。

銀髮的外國美女引起了相當的關注，偶爾也會有幾位路人稍微駐足，想多看幾眼希瑟、或觀察她在畫什麼。

一路就這麼畫到了非洲動物區域，阿樹看到附近有張空石椅，領著希瑟去稍做休息。

雖然還是七月的夏季，但今天比較多雲、午後的氣溫還算涼爽。伸了伸懶腰，有些疲倦的阿樹就在椅子上打盹睡著了，大概一個鐘頭後才悠悠轉醒。

一睜眼，卻看見銀髮少女坐到了自己面前，手上拿著鉛筆和寫生本——看來是正在素描他。

「畫我要收費喔。」

「嘻嘻，才不是畫阿樹你呢，我畫的是更有趣的東西。」希瑟將素描本遞給阿樹。

剛完成的那張畫被分了幾個區塊，有在極地穿著企鵝布偶裝笨拙行走的鈴蘭、在岩石上翻滾的穿著石虎布偶裝的希瑟，還有在竹林啃竹子的圓滾滾貓熊布偶裝阿樹。

「……為什麼只有我看起來特別呆。」

啊不，鈴蘭看起來也很笨拙。

「因為阿樹像貓熊一樣可愛呀。」

「這我不能接受。妳可以說我是獅子、老虎或獵豹，要我當貓熊實在太過分了。」

起碼要帥一點的動物，但看著笑咪咪的魔女，阿樹覺得她肯定不當一回事。

一邊閒聊著，他們悠閒地離開了非洲動物區，之後又牽著手逛了幾個地方，最後回到大門廣場。

阿樹看了看錶，已經接近傍晚了，匆匆出門的他們並沒有在臺北過夜的打算。

「時間差不多了，要離開了嗎？」

希瑟看著廣場上來來往往的人群，眨了眨眼睛。

「嗯，不過還有一個地方要去喔。」

「還有行程啊。」

阿樹沒有抱怨的意思，希瑟卻鼓起臉頰戳了戳他。

「你是不喜歡跟我的約會嗎？」

「當然不會，被異國美女牽著手到處走，多讓人羨慕啊～」阿樹調侃著魔女。

希瑟一開始也笑了，接著表情卻逐漸凝固，此刻顯得有些哀傷。

「其實在阿樹睡覺的時候，我有查過這裡的北極熊的故事了。」

阿樹心頭一緊，只能點點頭，「……嗯。」

希瑟雙手重疊在胸前，從那顆觀察到諸多遺憾的魔女之心中，無數的雪白方塊再次飛出。

時過境遷、物是人非，但存在過的歷史，不會被真正遺忘。

半透明的雪白水泥地覆蓋在現實表面，卻不是真正的雪地。這片土地記憶中的兩隻北極熊就縮在小水池旁，兩眼無神、全身沒有漂亮的雪白毛色，似乎已經出現皮膚病的徵兆。

一言不發的希瑟穿過了柵欄，來到虛弱的北極熊面前。

她的表情相當複雜，希望牠們能獲得救贖，卻又明白這些是過往的既定事實，真正的北極熊早已長眠。

箱庭的虛擬世界——終究無法觸及真實。

阿樹原以為魔女會充滿憤怒的情緒，但希瑟只是露出微笑，輕柔地抱住兩頭白熊。那樣一如既往的溫柔，看重著早已逝去的每一樣事物。

不在意染病的毛皮，魔女撫摸著其中一隻北極熊。

「謝謝你們為孩子們帶來笑容，謝謝你們當時忍受痛苦努力活下去。」少女在白熊耳邊輕聲說道，「謝謝你們——來到了這裡。」

……為何，最終是從異國來此落地生根，愛上這片土地的銀髮魔女說出這句話呢？阿樹自己，突然有點想不透了。

但希瑟的話語，最終肯定有傳達到北極熊心中。彷彿不再有遺憾，兩頭白熊的身體化為一塊塊雪白方塊，最終消散在空氣中。

等到虛擬的記憶再次解體，背對著他的希瑟才再次開口：「阿樹，你知道嗎？現實中的北極熊也面臨著生活圈不斷被擠壓的威脅。」

回頭面對阿樹的，是過於哀傷的神色。

「有北極熊無法游過融化的冰層而溺死，也有北極熊被獵殺……過去在故鄉的北端，那裡本該是牠們自由生活的大地呢。」

從張先生的委託開始，阿樹就感覺到了。藝術家天生擁有敏銳的情感，但希瑟不該成為魔女。對於她來說，看到這些真相實在太過痛苦了。

「生存對於我們來說，都是太過困難的現實。不是為了生存剝奪他人的自由，就是為了生存而企圖掌控他者。這顆看起來相當巨大的地球，實際上也只是有限的箱庭，資源過於缺乏。」希瑟苦澀地嘆了口氣，「在這場永無止境的爭鬥中，很多生命死去了。」

阿樹靜靜聽著，什麼都沒說。

佇立的魔女也不再說話，拿起鉛筆，勾勒著僅剩行人經過的大門廣場。

畫中孤身處於冰原中的北極熊，看起來特別寂寞。

阿樹看著昏黃的天空，不知不覺，他們在動物園中度過了一整天。

或許是重現那一對北極熊的關係，希瑟離開臺北市立動物園後，話明顯少了很多。她的下一個目的地是一處美術展覽，場地有一點距離，兩人從附近的捷運站出來後，魔女叫了輛計程車。

在氣氛有些安靜的車內，青年望著夜幕降臨的窗外若有所思。

在箱庭中看見的那些衰弱的北極熊，牠們是否也渴望回到自己故鄉那片被風雪覆蓋、過於遙遠的北國大地？

阿樹看著車窗上映照出的臉，對於這副臺灣人的樣貌與腦內的臺灣人常識，此刻的矛盾情緒來到了最高點。

我到底是誰？我真的來自歐陸嗎？那為什麼現在的我是這個樣子……

就像永遠回不了家園的北極熊，阿樹漸漸被困獸般的焦慮情緒籠罩，近一個月以來蓄積的不安也快要到最高點。

但當阿樹一回神——卻見希瑟的雙手覆蓋在他的手背上。

面對自己最摯愛的助手，她露出溫柔的笑容。

道。

「阿樹，我之前說過吧？親手摘下的果實最好吃。」

「啊？嗯，是有說過……」

阿樹剛想要說些什麼，希瑟卻搖了搖頭阻止。

「不用說謊喔，我知道——你現在的內心很迷茫。」

她回頭看向窗外，視而不見地看著在炎熱的夏夜中仍舊車水馬龍的忙碌街道。

這是度過數百年歲月的魔女，已經無法融入的平凡日常景色。

可是，即便自己已不是其中的一員，至少……

「所以，這次我不會再隱瞞了。」

不會再隱瞞？阿樹睜大雙眼。

銀髮少女仍舊凝視著窗外，「我會把我們共同擁有的回憶，全都告訴你。」

「……不讓我自己想了？」

「嗯，這其實才是我們北上的目的。等到了展覽，再讓我慢慢從頭說起吧。」

即便，那是痛苦的真相……

計程車載著他們到達了一間小美術館。

展覽就隱藏在美術館的某個角落，不同於去動物園的時候，這次銀髮魔女熟練地帶著他來到目的地，似乎已經來過多次。

工業風的天花板下是漆得白亮的牆壁，以及整齊附掛在牆上的畫作，雖然整個小展覽看起來有模有樣，實際來看展覽的遊客卻不多。

雖然自己的魔女老闆本業是畫家，阿樹倒是第一次看展，對於牆壁上懸掛的那些畫，他其實看得不是很懂。

小型展覽的作品風格包羅萬象、從油畫到水墨畫，或者很像小孩子塗鴉的蠟筆畫也都出現了。

「這種小孩子的塗鴉日記能做為畫作展覽嗎？」

阿樹特別好奇地仔細研究，看起來泛黃的日記紙張上畫著一棟外型簡單的房子，外面下著雨，屋頂之下是開開心心，手牽著手的爸爸和小孩。

雖然，他總覺得孩子的笑容有點不自然。一般畫笑容都是一個滑順的圓滑線條，畫中小孩的紅色嘴巴線條卻帶著抖動。

「這就要看藝術家的底蘊與策展者的心思了。」希瑟回答，「不過這幅畫背後的故事，我倒是用箱庭看過了。」

她的臉色漸漸凝重，猶豫再三，最後還是告訴了阿樹。

「這個日記塗鴉，是來自——某位常年受爸爸虐待的孩子，孩子在畫完這張圖沒幾天就遭遇憾事。所以阿樹不覺得小孩子的笑容很勉強嗎？只是在強顏歡笑。」

……早知道就不要問了。

希瑟掃視周遭一眼，「在小孩子塗鴉附近有幅夕陽對吧？那也是某位窮困畫家自殺前所看到的最後一次夕陽。」她靜靜說道，「這展覽的每幅畫看起來都很普通，但每幅畫背後都有各自的『故事』。就這方面來說，可以看出策展者的心思——『惡意的展覽』，狹小的展場空間瀰漫著非常負面的色彩。」

從結論來說，阿樹還是對這些畫沒有太大的理解，不過也慶幸自己看不懂畫背後的意涵。但之後他們繼續看展時，阿樹牽著希瑟的手加緊了力道。

阿樹不免問道：「妳的眼睛能看到這些資訊，應該會很討厭來這種地方才對。」

希瑟眨了眨眼，卻搖了搖頭。

「畫本身是無罪的。或許可以說，這裡的每一幅畫背後，都有著痛苦的靈魂。」魔女停下腳步，凝視著他們身旁的一幅畫。

那畫的內容是一道不停旋轉的漩渦，彷彿要把整個世界吞盡，在阿樹看來非常有魄力——但也充滿毀滅性。

「不過，也只有親自見證地獄，人類在過於短暫的生命中，才會綻放美麗耀眼的光輝。」注視著漩渦，希瑟輕聲開口，「就像墜毀的衛星，在任務結束前的最後一刻與大氣層摩擦所釋放的火花。」

……這些想法好魔女，阿樹心想。

「阿樹，你覺得我的畫如何？」希瑟突然丟出一個問題。

沒想到對方會這麼問，阿樹想了想，「非常漂亮。」

魔女卻微瞇起雙眼，看起來不是很開心。

「這個回答太敷衍了，你把妹都只會背這句嗎？」

「這樣也不行啊！」

被希瑟調侃了一番，惱羞的阿樹正思考著更棒的誇讚方式，魔女的側臉神情卻漸漸凝重。

「隨著歲月過去，我反而覺得——現在的自己已不如人類那時。正如我說的，人類正因為有限，所以才有無限。」

言下之意，如果以藝術創作的層面來說，魔女羨慕著人類。

理應擁有無窮無盡的時間、又能看到無數記憶與內心景色的希瑟，卻不再能創作出震懾人心的作品。

即便，那或許是自身做為畫家的過度吹毛求疵，但希瑟已經坦然接受了這點。

已經對生命厭煩的魔女，並不如努力活下去的人類。

對於想說些什麼來安慰他的阿樹，她牽起了對方的手，微笑著在嘴前豎起食指。

「好了，繼續逛吧。此行重點的那幅畫——我們還沒看到呢。」

之後，他們在畫廊中持續前進。而走過轉角後的第一幅畫，讓兩人都停下腳步。

與希瑟並肩看著畫，阿樹的表情相當錯愕。

那幅油畫的尺寸不大不小，從顏料的剝裂與紋路來看，有一定的年代了，油畫描繪出著翠綠的平原，而在平原中央隆起的小山丘上，有著一棵老樹與相依而建的石屋。

那片平原的景色，即使看起來毫無特殊之處，卻又是如此令人懷念……

與一開始醒來、以及每次在記憶中看到的景色一模一樣，阿樹很快就猜到希瑟帶他來到這裡的用意。

「阿樹應該覺得很熟悉吧？這幅油畫——是很久以前的我畫的。」

銀髮魔女那本該稚嫩的側臉，此刻也顯得滄桑。

在阿樹看來，她的神情中，包含著太多太多過去。見過太多的生死離別，卻仍保持著那顆柔軟的心。

或許就如鈴蘭所說——她能這樣子活下去，實在非常不容易。

「這幅畫有一些都市傳說。傳說中，看到這幅畫的人會身體不適、甚至會發生不幸，因此被稱為魔鬼的畫作。」

「沒想到作者不是魔鬼，而是魔女。」為了緩和氣氛，阿樹開玩笑地回應。

希瑟只是露出一抹苦笑。「嗯——但某方面來說，那些感受並沒有錯。」

她伸出手，手指在畫作名牌上虛劃而過。

「這幅畫被收藏家命名為《家》，不過正確的名字——我自己將其命名為《故鄉》，以紀念早已回不去的家鄉。」少女的笑容消失了，「所以我在創作這幅油畫的時候，投注了很多很多的心意。但到頭來，我已分不清楚自己創作油畫的心情是懷念還是憎恨，所以在完成之後，我將這幅畫送給了當時的朋友……」

《故鄉》。

那不斷被提及、甚至是心心念念想回去的地方，正是阿樹不停看到的記憶片段。

或許是睹物思情，一眨眼的瞬間，他的面前又閃過了新的回憶。

彷彿又回到那片遼闊的大地與山丘，迎面而來卻是蕭瑟的冷風與昏紅的夕陽，還有不知何時已一片荒蕪的大地。

而在自己面前，佇立著身穿黑色禮服——不如說是一身喪服的銀髮魔女。披著一頭長髮，沐浴在末日色彩中的魔女一句話都沒說，但那哀戚的神色在他內心造成極大的波瀾。

阿樹的內心充滿後悔，想伸手拭去少女眼角的淚水，回憶卻愕然中斷。

而現實中的自己，指尖下的臉頰是如此柔軟而溫暖，是活在此時此刻的希瑟。

「阿樹，你過去並不是人類，而是——畫中的這棵櫟樹。」

聽見希瑟親口說出的真相，阿樹卻比自己預想的更加冷靜。

「……我早就有預感了。」青年不禁垂下視線，看著自己的雙手。

從初遇時希瑟和鈴蘭的態度，還有回憶片段中從沒改變過視角的平原場景……阿樹隱約有某種感覺，至少過去的他不是現在這樣能到處亂跑的狀態。

憑著直覺說出想要尋找其他片天空、被同樣隸屬土地信仰的小狐狸親近，這些也都有了解釋。

希瑟輕握阿樹仍撫著自己臉頰的手，貼緊他的掌心，露出淺淺的懷念笑容。

「在歐洲繞了一圈，厭倦人類複雜情感的我，回到了家鄉附近——這時注意到山丘上的你。」

希瑟的胸口發出淡淡的白光，幾顆綠色方塊凝聚在手上，最後組成一片葉子。

「我聽到了你的聲音。或許是已在那裡扎根百年的關係，櫟樹擁有了靈性，卻不自由。因為好奇打開你的箱庭，才發現那是我不曾見過、異常美麗的景色……」

魔女的胸口中再次湧出許多方塊，將本來狹小的畫廊無限延伸。

眨眼間，兩人便身處於變換著奪目色彩的天空，腳下是輪轉著四季的大地。初春的百花盛開、盛夏的翠綠平原、秋日的金黃麥田到冬天的無盡白雪。

「那是因憧憬、因期望而無限延展與變化的天空，以及你聽著鳥兒與樹下乘涼的行人所帶來的許多故事……」

希瑟撫著自己發光的內心——感受著那顆將無止境跳動下去的機械心臟，哀傷地說：「我以為捨棄人的心成為魔女，就能畫出最美麗的景色，卻發現自己錯得一塌糊塗——不只人類，連無法離開的你都不如。」

天空與腳下的大地再次碎裂，繽紛的方塊在畫廊中迴旋，流連的姿態彷彿反應出希瑟的依依不捨。

「最終，已經疲倦的我留了下來，陪在你身邊。」

但曲終就得迎來人散，方塊最終收回了銀髮魔女的心中。

「我蓋了一棟石屋，在那數十年的時光中，每天與你分享旅途中的所見所聞，繼續畫著油畫。那是一段漫無目的，卻寧靜與祥和的時光。」

少女的闔上雙眼輕嘆，纖長的羽睫顫抖著。

「那是我第一次覺得，自己身為魔女是幸福的。永無止境，那是一首不會結束的圓舞曲，只要享受著與你相伴的每一刻——」

之後，銀髮魔女陷入沉默。

阿樹默默聽著這一切，感受到少女話語中的懷念——以及痛苦。他也察覺到，魔女的回憶顯然還沒說完。

如果那段回憶是如此快樂，那這一切是如何結束的？希瑟又怎麼會再度旅行世界各地，最後來到臺灣這片土地？

還有，為何他這棵櫟樹最終也出現在這裡？而且是以臺灣人的姿態，還混雜了不屬於樹的記憶。

「請告訴我吧，後來發生的事情。」

就算那過於殘忍，但今天來到這裡的目的，就是為了知曉一切。

這一次，希瑟沒有迴避，她帶著哀傷的神色凝視面前那幅《故鄉》。

「……阿樹，回到故鄉沒有意義。」

銀髮魔女強忍哀傷，即便不捨、即便痛苦萬分，就算藉著動物園的寫生多少延宕了一些時間。

但她答應了阿樹。在這棵本已不存在的櫟樹前，答應要告訴阿樹真相。

「因為那裡已什麼都沒有了。」

面對著自己的愛人，她的雙手交疊於胸前，以顫抖的雙唇道出過往時光的結局。

「樹早已不存在——那時的你已經死了。回到那裡，也找不到任何回憶。」

阿樹睜大眼睛，「我死了……」

希瑟點了點頭，從胸口引導出方塊，無數火紅的方塊再次創造出了箱庭，展開了埋藏心底多年的記憶。

這一次——眼前的一切都在熊熊燃燒。

耳邊是衝破耳膜的一陣陣爆破聲響，灰茫茫的天空中劃過數架飛機，布滿灰塵的空氣中充滿焦味，遠方的平原陷入火海，舉目所及皆是倒臥的屍體。

能見到的景色都陷入一片混亂，自然連山丘都……

阿樹慌亂地看過去，只見石屋因砲擊成為廢墟，一旁的樹也——化為一顆火球。

跪在熊熊燃燒的樹面前的，是捂著雙眼痛哭的銀髮魔女。

從樹身上找回色彩的她，再次失去了活下去的動力。

「那是一九三九年開始的二次世界大戰。」

而屬於此時此刻的希瑟，只是以麻目的表情看著這一切。

或許，那時的她就已經將悲傷的淚水消耗殆盡。

「歐陸陷入全面戰爭，但不只是無辜的人類——眾多生命也無法倖免。」

並非死於自然的野火或是一道閃電，而是誤擊的砲彈或者轟炸機撒下的炸藥——也就是人類互相傷害的惡意。

「啊……」

那聲悲鳴，由此刻還活著的阿樹所發出。

真實的自己，早已在那一年化為焦炭與飛灰。可是被火焰燃燒、全身漸漸破碎瓦解的折磨，卻彷彿還烙印在靈魂的深處。

他跪倒在地，身體因過度呼吸而變得緊繃，抽搐般地顫抖起來。

熱……好熱……

全部都在燃燒、世界在燃燒、視野中的銀髮魔女也在燃燒……

身體也要融化了……水……好想要活下去……

由於魔女的箱庭，此時的他與死亡的那一瞬間連結起來。

耳邊似乎傳來希瑟的驚呼聲，世界突然冷卻下來，有誰緊緊抱住了自己。

魔女解除了悲慘的回憶箱庭，輕撫他顫抖的後背，臉頰貼在青年耳邊輕柔低語。

「對不起……真的對不起……因為害怕著你會想起來後會感到痛苦，我一直不敢告訴你。但阿樹——現在沒事了喔。」

希瑟用力擦去眼角的淚水，推開那些不再重要的情緒與想法。

此刻只要露出溫柔的微笑就行了。因為……

「你已經回到我身邊了，我們——會永遠在一起。」

我們，會永遠在一起。

離開畫展後，他們踏上歸途。

直到自強號駛進臺中的月臺，阿樹都還凝望著窗外空虛的景色。比起死而復生帶來的喜悅，更多的是對未來的茫然。

「阿樹連思考的樣子都好帥喔。」

倒是身旁的希瑟就像沒事一樣變回原本調皮的態度，還戳了戳他的臉頰。

雖然阿樹很感謝銀髮魔女，不過在離開新火車站的路途上，他還是忍不住問道：「我說阿，原本的我是長那個樣子喔，現在變成這種人模人樣——妳都不覺得奇怪嗎？」

阿樹用誇張的手勢比出自己的前世（應該算前世？）、也就是那棵像樹的模樣。

但希瑟只是眨了眨眼，似乎沒覺得哪裡不對。

「你本來就沒有人類的軀體，當初在塑造你的時候，我是使用飄散在這片土地上的零碎願望去重構，就像意念使神明和妖怪存在，兩者是同樣的方式。」她歪歪頭，笑了，「或許——正因為零碎的願望終究來自腳下的臺灣，你才會有這樣的外貌與部份的記憶吧。」

聽著聽著，阿樹是有些明白了。但，同時也有更大的疑問冒出。

特別是——「樹死復生這種事，真的那麼容易辦到嗎……」

希瑟露出神祕、卻也帶點難過的笑容。

「正因為如此，我才是能帶來奇蹟的『箱庭魔女』喔。」

可箱庭應該無法改變現實才對，阿樹默默想著，卻不敢深思、不敢細問。

他們下了電扶梯，走在舊火車站前的廣場上。

「況且，」銀髮少女突然繞到他的前面，雙手放在背後，「在我看來——阿樹一點都沒有改變。」

在唯美的燈光下，那笑容既夢幻又美麗，彷彿隨時會消逝。

為此怦然心動的阿樹，掩飾地搔了搔臉頰。

「如果不嫌棄我愛管閒事的話，以後就繼續當妳助手吧。」

希瑟也愣了愣，臉頰浮現紅暈。

「……嗯，當然。」這一次，她的答應似乎慢了幾拍。

沒有給青年多問的機會，魔女突然抓起他的手，露出了愉快的笑容。

「對了，我想到一個地方，趁著回家前去一次吧。」

兩人騎著電動車抵達的地點，是火車站附近的臺中公園。

雖然記憶中有這個地標的印象，但阿樹在臺中住了快一個月，還是第一次到這裡來。臺中公園占地廣大，其中的湖泊也占了不小的面積，在路邊燈光的渲染下，光影十分唯美。

領著阿樹往湖中央的尖頂涼亭前進，希瑟同時當起嚮導。

「這湖叫做日月湖，中央則是湖心亭，我們現在就去湖心亭看看。」

「妳都不會累啊？我以前肯定也是棵老樹吧。」

今天已經從動物園逛到畫展，現在回臺中還在公園閒晃，再加上得知自己的身世的心靈衝擊，此刻的阿樹真的有些疲倦了。

而且考慮到希瑟才大病初癒，阿樹還是希望她多休息一點。

「哼哼，我還不累喔。」

是啦，能夠到處寫生與素描，他老闆的體力肯定很好。

希瑟不由分說，直接拉著阿樹走到湖心亭。果然是知名地標，雖然現很晚了，還是有不少路人在此眺望映照著燈光的美麗湖面。

如果只是特地騎來這裡看日月湖和湖心亭，感覺也太大費周章了，雖然這很符合自家老闆的性格。

不過，果然事情沒有這麼單純。

一同靜靜望著湖面，希瑟輕聲開口：「阿樹，其實在你獲得肉體復活後，我一直想帶你體驗一件事情。」

由女方說出口感覺有點曖昧，但阿樹看了看周遭的人群，很肯定那不會是什麼特別的互動。

而且，此刻銀髮魔女的雙眼已經布滿幾何圖形，雙手則在發光的胸前重疊，轉眼間，他們就進入了箱庭之中。

無數雪白的方塊填入湖面，同時帶來冰冷的寒風，整座日月湖的湖面瞬間結凍。

方塊繼續向遠方填去，湖岸瞬間被一片半透明的結霜森林與雪原覆蓋，即便無法真正觸及——也同樣美得令人屏息。

魔女不知何時也換上了一襲黑色禮服，與月光般的銀髮形成艷麗又神祕的對比。

銀髮少女翻過湖心亭的柵欄一躍而下，輕盈地落在結冰的湖面上。

她朝著身後的阿樹伸出手，嶄露笑容。

「我找出了當年在湖上獨自溜冰的記憶——我們來溜冰吧。」

「……妳認真的？」

方塊在魔女的腳下聚集成一雙溜冰鞋，她像精靈般轉了一圈滑行出去。

「當然～好啦，快下來。」

阿樹從來就無法真正地拒絕對方，只好跟著跳上冰面。

冰上的寒意更加刺骨，他看向後方，雪原的景色與湖心亭上沒有感覺到異樣的短袖路人，以及城市大樓的遠景形成相當矛盾的對比。

魔女讓阿樹先坐下，在他腳上同樣變出一雙冰刀鞋。

「其實溜冰不會很難，我帶著你學幾次，首先先從站立開始吧。」

「OK。」

阿樹是答應了，陪著希瑟繼續玩鬧。但教學持續半個鐘頭後，當助手再次一屁股跌到冰上時，連魔女都只能搖頭嘆氣。

「平常畫畫比較偏靜態，阿樹也只要幫一些小工作，我都沒注意到——其實你運動細胞不怎麼樣嗎？」

「果然是棵老樹，不中用了啊……」

對於始終滑一下就屁股朝地的自己，坐在地上的阿樹也只能無奈自嘲了。

「一開始學溜冰都很笨拙，但很快就會上手了。」魔女眨了眨眼，笑著摸摸他的頭，「就像這樣……」

放開阿樹這個新手後，希瑟開始在冰面上自由滑行。

一下壓低身子、一下抬腿旋轉、一下又在冰面上高高躍起，猶如在黑夜中展翅翱翔的黑天鵝，不吝嗇地展現自己最美麗的身姿。

一直以來，阿樹都以為希瑟只愛畫畫，但顯然她對溜冰也有一定的興趣。

魔女滑回阿樹身邊，再次雙手插腰，自信的笑容比任何冰晶都閃耀。

「不是我自誇，我本來也能當溜冰選手喔，只是被畫畫耽誤了而已。」

聽著希瑟的自吹自擂，阿樹好奇地問道：「假設妳生在現代，那妳會想成為畫家還是溜冰選手？」

「生命本該不存在假設的，不過要我選的話……」銀髮魔女左思右想，最後以認真的表情說，「果然還是畫畫比較好。」

「我倒是無法想像妳不畫畫的樣子，這就像貓要學狗叫一樣不自然。」阿樹也贊同希瑟的想法，順便調侃了一下。

「阿樹的比喻一直都很莫名其妙耶……」希瑟話鋒一轉，「不過——並不是這個理由。」

她解除了腳下的冰刀鞋，雙手撐在大腿上，朝依舊坐在冰面上的阿樹微微傾身。

「命運不是很奇妙嗎？過去身為畫家的我，若是不曾渴望找到最美麗的色彩，就不會成為魔女。沒有成為魔女，也就不會遇見你。」希瑟露出甜甜的笑容，「雖然對看到的一切充滿厭惡與疲倦——但我不會否定與你的相遇。」

阿樹愣了愣，內心突然躁動不已——或許這就是人類的戀心吧。在知曉前世之後，他才感覺到這有多可貴，也是多大的奇蹟。

現在的他，至少能跟魔女並肩前行、幫助她完成每一幅畫作，不再只是透過箱庭去見識這世界的美麗、那天空的彼方。

一想到此，倒是感覺到做為人類的美好之處了。

「希瑟——」阿樹收起了內心紛雜的想法，正色地說道，「我愛妳。」

「嗯嗯，這些我都知道——等等，你剛剛說什麼！」

以人類的姿態對著魔女說出這句告白，果然太過讓人害羞了。

「好話不說第二遍，好啦、請繼續教我溜冰囉。」阿樹笑咪咪地朝她伸出手。

「先告訴我你剛剛那一句講什麼啦⋯⋯」

當作沒聽到希瑟的追問，耳尖紅通通的阿樹仰望上頭的銀月。

只有活著、活下去——才能繼續遇到更多美好的事物。

A Summer
for the Witch

Chapter 6

[在箱庭內側]

穿著白色長裙的銀髮少女，赤腳坐在櫟樹下，迎著蕭瑟的秋風作畫。

古老的櫟樹佇立在蒼茫的天地間，像是為她撐著遮風擋雨的巨傘，永遠靜靜陪伴，永遠默默守護——或許也不是這麼默默。

「希瑟，這是哪裡的景色？」樹抱著好奇發出了疑問。

畫上描繪的地點，或許是歐洲某處尋常的街頭轉角，兩側都是尋常的建築物景色。但從轉角的石階梯一路上來，卻疊滿人類發黑的屍體，匯聚的血水沿著階梯滑落，最後溶入街角的陰影中。

死者涵蓋男女老少，痛苦的面容都凝固在那一瞬間，整幅畫帶著非常不詳的氣息。特別是在屍體上方，那瀰漫在空氣中的黑霧所浮現的隱約輪廓，恰好就是惡魔的形體。

名為希瑟的魔女停下了畫筆，視線凝視著遠方那片搖曳的麥田。眼前的豐收與畫上的死亡，形成強烈的對比。

「這是黑死病喔。」

「黑死病？」

「嗯，我活著的年代已經漸漸減少了，但在這片大地上，要撈出多少黑死病的記憶都沒問題，不知道阿樹有沒有聽過？」

阿樹想了想，其實對於過去的記憶，他的印象並不怎麼清晰，真正鮮明的記憶都是魔女造訪後才烙印下來的。

見阿樹沒有回答，希瑟便繼續說了下去：「我想也不用詳細描述——總之，死了很多人，非常非常多人。」

魔女抬頭仰望灰色的天空，那表情相當冷淡，甚至可說是冷峻。

「即便那些病人對著上帝禱告，也沒有人會傾聽他們的聲音。不只是疾病、還有飢荒與戰爭……」

在一旁默然聽著的阿樹，突然被凝望天空的希瑟丟了一個問題。

「阿樹，你相信神嗎？」

哪裡都去不了的他想來想去，也就只有那個答案了。

「不知道，畢竟祂沒讓我生下來就是飛鳥，但祂又讓我有了意識。」

沒看過所謂的神，也無法知道這個神能帶來什麼奇蹟。

這個回答讓希瑟有些微愣，最後還是勾起了嘴角。

「嗯，這很像你會有的回答呢。不是足以被視為異端、相信科學之光的無神論，或至死都會對神禱告的信徒。」少女輕撫櫟樹的樹幹，「我呢，也沒有見過神行使祂的能力。不過，若將轉化我為魔女的父親稱為神，這個說法倒也沒錯，即便大部分人類會將父親視為惡魔。」

魔女的注意力回到了畫作上，那神情中帶著的某種情緒，至今阿樹也沒能徹底明白。

是憐憫、是憤怒——還是覺悟呢？

「我並不博愛。但我總想著，人類的記憶與內心中常常藏有美好的色彩，每一位人類都蘊藏著無限的可能性。正因為生命能如此輕易結束，他們才能創作出讓靈魂共鳴的畫作。」魔女輕撫著胸口，是連這顆心臟都能共鳴的畫作。

希瑟看著自己的畫，似乎還想多加幾筆，但最終仍然放下了畫筆。在銀髮魔女的內心深處，對繪畫的熱情早已燃燒殆盡。

或許是因為，在成為魔女前，她必須讓人類的部分死去。

已經死去的她，就算不停對阿樹說著自己的畫、自己的夢想，那也只是表面功夫。

多年的旅行已經讓她確認了一件事——她，已找不回曾經屬於人類畫家的執著了。

見過太多的死與生，本以為能夠成為創作的豐富原料，結果卻正好相反。生命沒有盡頭的魔女，連對死亡的恐懼都無法好好闡述。

做為畫家，只要能完美呈現出這瘋狂的世界，就算痛苦得連耳朵與舌頭都一一撕裂，那也是所謂的「美好」的色彩。

所以，她只能默默凝望著面前的油畫。

已經無法再向前邁進一步了。

望著那有些空虛的雙眼，阿樹不免心想，畢竟就是捨棄了什麼，魔女才會留在自己身邊，那是心痛卻正確的真實。

「阿樹知道嗎？到頭來，我依舊是那個只想著要跟男性平起平坐的天真畫家。擁有無限時間的我只想證明自己，但那些生活在這片土地、有著各種人生的藝術家們，卻持續掀起一次次的革命。」

少女離開了她的畫架，將額頭輕輕貼上櫟樹溫暖的樹幹。

「人類是會本能尋求進化的生物，他們的畫作才會如此多采多姿。成為魔女卻無法再突破的我，後來才意識到——父親給予我的使命是否並非僅是完成私欲？」

感覺到希瑟話語中的消極，阿樹正想要出聲。

「不過，這也就是想想而已。」

對於魔女而言，有關人類的一切都是毒素。或許她那捨棄一切卻止步不前的心靈早已瘋狂。但慶幸的是，她最終遇見了他。

銀髮魔女在粗糙的樹皮上落下一吻。

「畢竟我找到了你，而你此刻就在我身邊，這就足夠了。」

自從知道自己的身世後，似乎越來越常捕捉到回憶的碎片，但阿樹發現，他與希瑟的關係——並沒有如想像中那樣出現更進一步的變化。

他依舊是魔女的助手，每天陪著她到處取材與畫畫。可能是臺中市的某個角落、臺東的石灘邊，甚至是其中一座百岳的峰頂。

說忙碌也很忙碌，畢竟每日的行程都被希瑟排得很滿，就像捨不得暑假結束的小孩子，阿樹總被她引起的騷動搞得精疲力盡。

不過真要說的話——阿樹其實也漸漸愛上能活動四肢的任何機會，畢竟這副人類軀殼得來不易。

阿樹也多少明白了，自己的肉體是由腳下的土壤組成，所以他才會受某個人——或者說某個群體的影響，有了能夠使用的知識與記憶片段。

「你的表現毫無疑問是我認識的阿樹，但這些有關臺灣的知識也滿具體的，也許是某個不願離去的靈魂與你混合了喔。」希瑟曾經這麼解釋過。

儘管沒有其他具體的情感記憶，但如果他的身體確實來自某位人類，那阿樹還是想親自對他道謝。

謝謝他，給予自己再活一次的機會。

而對於遙遠的北歐故鄉，雖然他曾冒出想回去一次的念頭，但一來是那裡的樹與屋子已經被破壞，如希瑟所說，他們和那裡的連結已經消逝了。

二來——每當希瑟拿起畫筆、皺著眉頭在苦思每一幅畫作時，坐在一旁的他總是端詳著雙馬尾少女的側臉，忍不住偷偷勾起笑容。

因為妳就在身邊，我已沒有離開的理由。

阿樹想起魔女發燒時曾說過的群青色故事，而對他來說，在大部分記憶已經復原的狀態下，魔女就是他的群青色。

是她，將他對遠方的憧憬，化為一個個在平原上展開的豐富箱庭。

是她，留在了自己身邊、陪伴獨自佇立在山丘上的那棵櫟樹度過無數歲月。

最終也是她教導了樹何謂情感。

真是不可思議。

明明都是離人類很遠的存在，卻從彼此的陪伴中，理解了人類最豐富的部分。

那是比「我愛妳」更加深厚的情感。所以我才會遭到懲罰，阿樹心想。

樹與魔女相依，非人與非人的故事或許早該在那一年的烽火中結束。

「所以……」阿樹抬起頭，看著劃破夏日天際的飛機雲。

我的復活——只是奇蹟嗎？

在表面的幸福下，內心的隱憂卻一直揮之不去。

八月初，他們來到臺中市附近的高處作畫。

這裡是附近山區的一處涼亭，藏在山坡的樹林邊緣，可以一眼眺望臺中市的景色。

盛夏的藍天下，阿樹幫希瑟準備著畫具，由於午後過於慵懶的陽光，忍不住打了個哈欠。

「阿樹要不要去午睡一下？」

一回神，穿著平日那件高腰肩帶洋裝的銀髮魔女，正踮起腳尖摸他的頭。

「不用我幫忙遞可樂和搧風？」

「不用啦，你忘了我昨天買了祕密法寶嗎？」

配著自己發出的登場聲，希瑟拿出了一臺迷你風扇，就是那種宣稱掛在脖上就能帶來涼意的商品。

阿樹是覺得這風扇一點作用都沒有，特別是在臺灣的酷暑下。

不過他也沒有多費唇舌，這一個月來他們的工作模式已經相當熟練，反正有需求魔女就會吵醒他。

「好好去睡一覺啦，最近一直帶著你東奔西跑，你也很累了。」

「妳也知道妳是慣老闆呀……」

阿樹寵溺地笑了，他找到涼亭邊的一棵樹，樹蔭下稍微清理一下還算乾淨。

嗨，同伴。

雖然輕聲對這棵樹說話，但當然一點回應都沒有——像過去的他那樣產生意識的樹，果然是少數的例外。

確認這個位置還是能看到希瑟作畫，他就放心地靠著樹幹坐下來，感受著搖曳的樹影與吹來的風，倦意也隨之而來。

「晚安。」

「是午安喔。」希瑟對著他露出了笑容。

午後的夏日下，她的笑容比陽光要更加燦爛。

再次感受到活著的美好後，阿樹才滿意地闔上雙眼。

那之後，不知道過了多久。

雖然外出時說要畫城市的遠景，現在畫布上的內容——卻是在樹下熟睡的他。

「就讓我小小任性一下吧。」

銀髮魔女悄悄來到助手面前，輕撫他的睡顏。

「阿樹，你喜歡你的第二段生命嗎？」

希瑟低語著，雖然想過要大聲喧嘩改變未來，最終理智仍舊占了上風。

「喜歡這一個月來的相處嗎？對不起呢，總是拉著你到處跑，卻沒好好約會過。」

希瑟仔細一想也笑出來了，連個像樣的約會行程都沒安排過，去臺北那次也是要幫助阿樹恢復記憶。

她總是不停不停地畫畫，連到最後都像個蠢蛋，把冬日中僅剩的柴火都燒光了。

身為畫家的靈魂一直想向這個世界證明，自己還能創作出更美好的事物。可惜，這無數努力終究無法觸及真實。

她真的厭倦了。

兩行淚水自希瑟的臉頰滑落，雖然不想哭，但聲音中卻多少帶著哽咽。

這不是就跟人類一樣了嗎？已經活膩的魔女，會害怕死亡之類的。

「最後——反而說不太出什麼呢。只想謝謝你，謝謝你的陪伴。」

希瑟抬起頭，看著從樹枝縫隙間穿過的陽光。

曾經的曾經，我將自己所見的箱庭展現給了離不開的你。但現在，你已經能隨著風、自由地去尋找自己的未來。

「我不敢說我有教到阿樹什麼，不過不用擔心，鈴蘭妹妹會繼續幫助你。雖然她有點靠不住，你們要互相扶持喔。

「那些以畫交換過故事的人們，他們都是很好的人，他們值得更好的未來。所以——」

魔女的臉漸漸湊近——輕柔的吻最終落在他的雙唇上。

這個吻別，只有短暫數秒。依依不捨的希瑟站起身，雙手於發光的胸前交疊。

宛如祈禱，祈禱著這片土地能夠迎來真正的改變。

少女的最後一眼，是仍然熟睡著的青年。

「再見了。」這樣就好了，這就足夠了，「請你代替疲倦的我，去尋找世界最美麗的色彩。」

從月光般的銀髮開始，魔女的身軀破碎為一塊塊的細小方塊、漸漸消散，最後僅剩裸露的心臟懸浮在空中。

鑲在機械之心表面的各種齒輪喀擦喀擦地高速運轉，儀表上的表針全都指向極限值，過於刺眼的白光瞬間炸開。

做為投入所有資源運算的回報，無數各色方塊從其核心拋出，環繞著魔女之心螺旋而上，猶如在熱帶海洋中悠游的魚群。

最後，這些方塊四散開來，飛向湛藍的天際。

箱庭魔女夏日騷動

天空中頓時流轉著無數常人無法窺見的光芒，遠比極圈的極光更加炫麗。

接著從無邊無際的夏日藍空中，傘狀投下無數條發光絲。

箱庭魔女的運算——籠罩了整座島嶼。

這日也是適合放暑假的孩子們出遊的天氣，在某處的動物園門口，小男孩拉著身旁年輕媽媽的袖子。

「我想先去看北極熊啦～」

「好啦好啦，晚點就會去了喔，先看其他動物吧？」

某間民宿的老闆對著剛要入住的房客，笑著介紹這鄉鎮的特色。

「推薦你們晚上去見識一次呀，全臺灣唯一的神社夏日祭典！」

金黃色毛皮的小狐狸窩在門邊，抬頭看著夏日的晴空。

在神使那見證滄海桑田的雙瞳中，看見了無數條透明絲線連向了天際。

在那無盡延展的藍天下，祂沿著其中一條絲線飛奔而去。

一天又迎來了早晨。

聽到了手機預設的鬧鈴，只穿著汗衫的壯碩男子這才悠悠醒轉。

他努力從床上爬下來，如同要上班前的固定行程，先去浴室盥洗簡單梳理頭髮。對於鏡中的凶惡的面容，男子也有些困擾，明明是做著服務客人的仲介工作，形象卻讓人退避三舍。

不再多想，男子換上整齊的西裝後，來到客廳享用早餐。

自己的枕邊人早就醒來，長髮女子坐在客廳的沙發上咬著夾好牛肉與蔬菜的烤土司，丈夫的份當然也親手準備了。

「妳不用這麼費工夫，去附近的早餐店買就好了。」

對於丈夫的建議，妻子只是搖了搖頭，露出甜蜜的溫柔笑容。

「不，我覺得這很有意義。」

「很有意義？我不太明白。」

妻子瞇起眼睛，看著液晶電視上懸掛的那幅畫。

「因為——像這樣普通但平淡的幸福，我覺得得來不易。」

油畫內容是一位蜷曲雙腿坐在海灘邊、跟她樣貌一模一樣的女子。

畫中的她正凝望著地平線彼端的黎明，而從畫之中——小小的方塊正一塊塊緩慢飄出。

阿樹睡了很久。

或許是因為做夢的關係，他想起一段遙遠的記憶。

那是跟此刻相同的漫長夏季，在那已不存在的故鄉，視野中的平原還是一片綠意，天空也湛藍無比。但無論怎麼期待著，所看的景色永遠是同一個區域，同一種樣貌在輪轉。

本該就這麼持續下去，或許這對過於有靈性的樹來說也是一種酷刑。

不過，魔女來到了樹身邊，帶來了箱庭。

自那之後，世界就變得繽紛多姿。

櫟樹下，穿著白長裙的銀髮少女靠在樹幹上，一起遙望遠方。

「阿樹，如果你成為了人類——你會想做什麼？」

「這個嘛……至少不會想去耕田，那又會被綁在同一片土地上。」所以他很敬佩這些揮散汗水的農夫。

聽說在農地勞作的人類在整個社會是處於最底層，身為樹的他無法理解，為何讓整個群體得以生存的他們，會遭受如此對待。

「那麼，果然是去尋找這片天空連結的其他部分吧。」

如果能成為旅人，那是最好的吧？不過跟魔女相處一段時間後，阿樹稍微有一點不同的想法。那時還不明白這種情緒是什麼，他沒辦法好好說明清楚。

「阿樹真容易滿足耶。」魔女輕聲笑了，「雖然我就喜歡你這點。」

樹看著希瑟那一貫自信而迷人的笑容，心中充滿了悸動。

自己成為人類後，最想做的事情——

樹下的阿樹悠悠醒來。

從高處眺望的臺中市已經沒入黃昏，起身的他被那片光彩吸引，凝視著燃燒般的夕陽。

「我想做的事情……」

關於這點，阿樹已經有了答案。

但將視線轉回來時，眼前卻是過於殘酷的景象——

喀喀作響的魔女之心，半浮在空中。

「希瑟？」

回應他的，只有枝葉被吹動的聲響。

他焦急地跪在魔女之心前方。

「喂，別開玩笑了……」

阿樹的面容扭曲，還不明白這代表了什麼，卻又好像早有預感。

自發燒那日之後——虛弱的希瑟只是壓抑著身體的變化，一直強顏歡笑地拉著自己到處跑。

「不是說好了……要教會我溜冰嗎？」

淚水不知不覺從臉上滑落。

「不是要讓我繼續當妳的助手嗎？不是要教我畫畫嗎？」

他明白了，這就是人類的負面情感——這小小軀體無法容納的悲痛。

「不是……還要去尋找天空連接的其他地方嗎？」

復活為人後，這一個月多來的往事浮現在阿樹腦海。有多少新的體驗、新的回憶，就有更多想去做的事情。

好不容易想起來了，那個想與希瑟一起實現的願望──

「啊……」

悲鳴從指縫洩漏。

還給我，把希瑟還給我……如果沒有了她，那他的存在根本就沒有任何──

「阿樹哥，姐姐還沒有死。」

耳邊傳來了熟悉的聲音。

抬起頭，穿著黑蕾絲睡衣的鈴蘭就站在面前。

黑髮魔女走到希瑟的魔女之心前方，雙手虛捧著它。

她自身的魔女之心也發出共鳴的藍光，等到鈴蘭的手移開──無數白色小方塊從那顆漂浮的心臟中飛出，以它為核心重新構築。

阿樹才燃起一絲希望，卻被鈴蘭的下一句話狠狠打擊。

「但，也跟死亡沒有兩樣。」

方塊，重新構築出魔女的形體。那卻是一位年幼的銀髮女孩，穿著白色的連身洋裝。

一動也不動的她面無表情，渙散的雙瞳再也無法與阿樹交集。

「……這是怎麼回事？」

鈴蘭哀傷地抱著小小的希瑟，「簡單來說，姐姐捨去了運算自己人格所需的資源，只為了全力實現那個願望。」

她輕撫女孩細柔的銀髮，「現在在這裡的，只是沒有靈魂的軀體——姐姐已經不在了。」

「……」

但聽起來，並不是真正的死亡。阿樹站起身。

過去，剛成為人還懵懂無知的他，是被魔女引導著理解這個世界。

現在——必須由他自己去決定未來，決定自己該做什麼。

「有沒有方法救回希瑟？」

鈴蘭愣了愣，輕輕點了頭。

「有。只是……」她的眼底覆上一層陰霾，「阿樹哥——為了救回姐姐，你願意付出多少代價？」

阿樹的耳中，彷彿又聽見了最珍愛的那個聲音。

陪我一起去尋找並記錄，連我也能睜大雙眼感慨的、最美麗的色彩。

那是這過於漫長的旅途中，我一直在尋求的夢想。

等到想起一切後——你再決定自己想要什麼吧。

小希瑟似乎感受到了他的想法，視線和頭微微偏向了阿樹。

青年的眼眶一熱，在小小的魔女面前半跪下來，虔誠地捧起那雙小小的、毫無回應的手。

最終，他露出義無反顧的笑容。

「我的一切。」

——《箱庭魔女夏日騷動・上》完

A Summer
for the Witch

Afterword

［後記］

希瑟這魔女的名字源自Heather，又稱帚石楠，是歐洲許多荒地間常見的植物。生存力強韌，在一片荒野間盛開紫色小花的景致很是美觀，帚石楠也是挪威的國花。

第一集中的另一位魔女也是花名，如果有之後的系列，魔女的暱稱都會源自花吧，目前暫時是這樣的想法。

「魔女」在各種作品中總是迷人與神祕的代表，我尋找著稍微不一樣的角度，去塑造出我想像中的魔女。相較於前作的A子，這次同樣在奇幻中夾雜著一點科幻的味道，自己筆下的魔女想想是厲害到很可怕呀，幸好大多是人畜無害的類型。

很多讀者從書名就看出端倪了，箱庭魔女預計是上下集，純粹因為兩集是我覺得對這故事最適合的長度，也想藉著這個系列在寫作生涯上稍做停頓與思考。

去年有幸受出版社賞識出了A子系列後，卻在下半年因工作變化、加上這一次作品的構思，其實年底經歷相當的煎熬與迷茫。

做為臺灣的創作者，我或許還在尋找一個自己的定位，也在各種現實與壓力下努力去尋求平衡點。

在箱庭魔女後會不會有下一部作品呢？坦白說在去年底累到站著都能睡著時，我不免有些自我懷疑。

有很多感到幸福的事情、但也有很多覺得無奈與痛苦的現實，這或許就是二〇二〇年吧。

無論如何，這故事是我與編輯、與A_maru繪師大大努力出來的成果，也是午夜藍常見的風格。如果確定了個人路線似乎是件好事，但有時也會覺得該叛逆一下呢。

最後還是要特別感謝編輯，這次作品能完成真的不容易，幾次對大綱與內文的討論與來回修訂，我們都相信是為了讓作品變得更好。

更要謝謝願意購買此書的讀者。若你是因A子系列而買箱庭魔女，相信你們會在兩部作品間找到有些相似但又不一樣的趣味。如果你是新讀者——那讀一讀有樂趣了也能回去翻翻A子系列，看看人類與魔女的等級差距多大(?)。

那我們就下集再會了。

臉書專頁能找到午夜藍，看是要吐槽還是閒聊都OK的。

https://www.facebook.com/midnightmilktea

午夜藍

高寶書版集團
gobooks.com.tw

輕世代 FW351
箱庭魔女夏日騷動・上

作　　者　午夜藍
繪　　者　A_maru
編　　輯　林雨欣
校　　對　任芸慧
美術編輯　林鈞儀
排　　版　彭立瑋

發 行 人　朱凱蕾
出　　版　英屬維京群島商高寶國際有限公司臺灣分公司
　　　　　Global Group Holdings, Ltd.
地　　址　臺北市內湖區洲子街88號3樓
網　　址　www.gobooks.com.tw
電　　話　(02) 27992788
電　　郵　readers@gobooks.com.tw（讀者服務部）
　　　　　pr@gobooks.com.tw（公關諮詢部）
傳　　真　出版部　(02) 27990909　行銷部 (02) 27993088
郵政劃撥　50404557
戶　　名　三日月書版股份有限公司
發　　行　三日月書版股份有限公司/Printed in Taiwan
初版日期　2021年 2 月

國家圖書館出版品預行編目(CIP)資料

箱庭魔女夏日騷動/午夜藍著. -- 初版. -- 臺北市
: 英屬維京群島商高寶國際有限公司臺灣分公司,
2021.02-
　冊；　公分. --

ISBN 978-986-361-962-8(上冊：平裝)

863.57　　109018901

三日月書版

三日月書版

GOBOOKS & SITAK GROUP©